LIVE
12508人
5013
のんびりした1日だなぁ
平和が一番やね！
なおお腹が減ったからとドラゴンを狩った後である
やめろwwww

リタ
精霊の森の守護者。
師匠であるコウタから守護者の使命と配信魔法を受け継ぎ、配信者としてのんびり暮らしている。
異世界魔女の配信生活
LIVE
ISEKAI MAJO NO HAISHIN SEIKATSU

コウタ
先代の守護者でリタの師匠。
日本からの転生者。
精霊様
世界樹の精霊。
歴代の守護者を見守る存在でもあり、
リタの保護者代わり。
ミレーユ
冒険者ギルドに所属するお嬢様で
通称"灼炎の魔女"。最年少でSランクまで昇格した天才。
BKブックス ©Ryusui / Nemurinemu

中山 真美
「伝説の、カツカレー……！」

異世界魔女の配信生活

～いなくなった師匠が残していったものは地球に繋がる通信魔法でした。
師匠の真似をして配信してお菓子をもらいます～

龍翠

ぶんか社

C O N T E N T S

プロローグ

　とある場所に、広大な森がありました。この世界で最も広い森で、精霊の森と呼ばれています。森の中央には他の木よりも圧倒的に太く、高く、大きな樹《き》があります。世界の魔力の流れを司《つかさど》る世界樹です。

　その広い森をたった一人で管理しているのが、守護者です。

　守護者は世界樹に宿る精霊により選ばれたり、もしくは異世界から召喚されてきます。選ばれた守護者は、森でのんびりと暮らして見守ることになります。

　もちろん、精霊も無理強いはしていません。選んだ者の意思を尊重して、拒否された場合は別の人を探すようにしています。

　ですが、今代の守護者は今までの守護者とはちょっと違っていました。

　先代の守護者である魔導師に拾われ、弟子となり、そしてそのまま守護者の役目を引き継ぎました。もちろん精霊も承認はしているのですが、それでも今までの守護者とは違う選ばれ方をしています。

　そしてもう一つ。今代の守護者は、先代の守護者から引き継いだ、ちょっとした趣味がありました。

　精霊の森の奥深く。木造の大きな家があります。二階はありませんが、広さはそれなりにあるでしょう。その家の扉が開かれて、一人の人間が出てきました。

真っ黒なローブに身の丈以上もある大きな杖《つえ》を持っています。フードを目深に被《かぶ》っていて、顔は見えません。

その誰かは顔を上げて、少しだけ嬉《うれ》しそうに口角を持ち上げました。

「ん。いい天気」

そう言って、フードを外します。腰ほどもある長い銀髪が風に揺れます。整った顔立ちをした少女は青い瞳で周囲を見回すと、満足そうに小さく頷《うなず》きました。

「今日も平和だね」

もちろん森のどこかでは弱肉強食の掟《おきて》に従って動物が殺して食べて、なんてことをやっているのですが、それを含めても平和な朝です。

少女は少し歩くと、家の前にある小さな空き地に立ちました。杖で何度か地面を叩《たた》くと、一瞬で地面に魔法陣が浮かび上がります。

そしてさらに地面を叩くと、拳大ほどの大きさの光球が現れました。そして同時に、小さな黒板のような板が光球の側《そば》に出てきます。

その黒板を見ていると、少ししてから文字が流れ始めました。

『きちゃ!』

『まってた!』

『リタちゃんおはよう!』

その文字はこの世界の文字とは違い、日本語、という言葉の文字です。ですが少女にとっては見慣れた文字であり、問題なく読むことができます。

「みんな、おはよう」

リタと呼ばれた少女がそう挨拶《あいさつ》すると、黒板は挨拶の文字で埋め尽くされました。その様子に小さく笑いながら、言います。

「早速だけど、研究で疲れたので甘いものが食べたいです」

『いきなりすぎるｗ』

『開幕でいきなりねだるなよｗ』

『まあ送るんですけどね！』

そういった文字列の後、リタの目の前の地面にたくさんのお菓子が並びます。ケーキやクッキー、和菓子などなど。リタは頬を緩めると、早速一つ手に取りました。

草大福。食べやすくて美味《おい》しいのでとても好きです。

「うまし」

『うまし』

『誰だよこんな言葉教えたの……』

『俺たちなんだよなあ……』

草大福を食べ終えたリタは、さらに続けてお菓子を食べていきます。一つ一つ、丁寧に感想を言いながら……。

「うまし。うまし」

『うまししか言ってねえｗ』

『いやまあ、美味しそうに食べてくれるだけで十分だけどｗ』

送られてきたお菓子をぺろりと平らげたリタは、さて、と咳払《せきばら》いをしました。真面目な話をするとしましょう。

「それじゃあ、研究結果の報告だけど」

『その前に、口の横にクリームついてるぞ』

『ついでにあんこもついてるぞ』

『もうちょっと落ち着いて食べてもいいんだぞw』

「わ……。失礼」

それほど急いで食べたつもりはなかったのですが、少々がっつきすぎていたかもしれません。久しぶりの糖分だったので仕方ないかもしれませんが。

「改めて、研究結果の報告です」

『あいあい』

『前は確か、俺たちの世界が本当に異世界かどうか、だったよな』

『結論ってどうなってたっけ？』

「保留、だね。推測として異世界ではないとしてるけど」

リタの仮説としては、遠く遠く離れた場所のどこか、と考えています。というのも、そもそもとして、

「異世界ってなんだよって話なんだよね」

『それはそう』

『言われてみると謎だからなあ』

『お話の題材としてはわりとあるけど、改めて聞かれると答え方に困る』

異なる世界。言いたいことは分かります。ただ、異なる世界というなら、そもそもとして観測できるわけがないだろうと考えています。

リタと、そしてこの魔法の向こう側にいる誰かたちは、こうしてリアルタイムで会話しています。

それが、異なる世界とやらでできるとは思えません。

まあ、だからといって、あちら側がどこにあるかと聞かれるとそれも分からないのですが。

ですが、ふと思ったのです。こうして魔法で会話をしているのなら、今この魔法は地球に繋《つな》がっているはずだ、と。つまりこの魔法を解析すれば、地球がどこにあるのか分かるのでは、と。

「というわけで、師匠から譲り受けたこの意味不明な魔法を解析してみたよ」

『意味不明言うなw』

『意味不明だけどな！』

『解析しようとしてできるもんなん？』

そんな簡単にできるわけがありません。少なくとも、一朝一夕でできるものではないのです。

ですが、リタには師匠から教わった数多くの魔法があります。その魔法の中に、特殊な亜空間を作り出す魔法があるのです。亜空間の中では時間が早く進んでいて、一年過ごしても外ではたった一時間しか経《た》っていないという、まさに研究にうってつけの魔法と言えるでしょう。

その亜空間内で研究をして、ついにリタは答えにたどり着きました。何年かかったかは内緒です。

あえて言うなら、この配信は一週間ぶりだと言っておきましょう。

まあ、それを魔法の向こう側にいる彼らに伝えるつもりはありませんが。

「結論を言えば、異世界なんて存在しない」

『まって』

『それはつまり、お互いがどこにあるか分かったってこと？』

「ん。ばっちり」

『なんと』

『まじかよ』

『え？　え？　ということは、そっちに行けるかもしれないってこと!?』

「それは無理」

あちら側、彼らが言う地球の場所は分かりました。ですが、気軽に行ける場所ではありません。リタですら、地球に行く方法はこれから確立させなければならないのです。

そう伝えると、具体的な場所を知りたがるコメントがたくさん流れていきます。隠すつもりもないので、リタは素直に答えました。

「地球があるのは天の川銀河」

『うん。うん？　それはそう』

『銀河なんて知ってるのか。いやまあ、師匠の入れ知恵だろうけど』

『いや待て、今それに触れるってことは、まさか』

「ん。この世界があるのは、アンドロメダ銀河」

『ちょ』

『まって。いや本当にまって!?』

『いやいやまさかそんなご冗談を』

残念ながら本当です。リタも最初は信じられず、魔法の解析を何度もやり直したほどです。けれど、結論は変わりませんでした。

地球があるのは天の川銀河であり、そしてリタのいるこの世界、いいえこの星があるのは、アンドロメダ銀河です。

「ご近所さんだね」

『ご近所さんのスケールがおかしい』

『どういうこと？』

『説明しよう！　アンドロメダ銀河は地球から目視できる銀河なのだ！』

『ただし距離は二百万光年以上』

『ご近所さんとは』

他の銀河と比べると近いというだけの意味です。それ以上はありません。

『その距離を一瞬で繋いでる師匠の魔法、やばすぎない？』

『やばいなんてもんじゃねえよ。師匠が精霊様から与えられた魔法だっけ？』

『精霊様がやばすぎるw』

それについてはリタも同感です。この魔法で解析できたのはごく一部。術式の仕組みなど、リタでは理解できないものでした。

だからといって諦《あきら》めるつもりはありませんが。とても面白い研究対象です。継続して調べてみようと考えています。

「今回の研究結果はこんな感じ。で、地球の場所も分かったし、次はそっちに行く方法を考える」

『おお、なんかいよいよって感じやな』

『さすがに不可能だろ、て言いたいところだけど、投げ銭ならぬ投げ菓子があるからな』

『この投げ菓子もかなり謎だけどw』

リタから見ても、意味不明が極まった謎な魔法です。

この投げ菓子というものは、表示させている魔法陣をあちら側の人が印刷とやらをして、そこにお菓子を置くことで発動します。何故《なぜ》かお菓子のみ発動します。誰がどうやって判別しているのか、それもやっぱり分かりません。

さすが精霊の魔法。

「正直、不思議を通り越して気持ち悪い」

『気持ち悪いwww』

『言いたいことは分かるけどw』

「うん。まあ、ともかく、次はこれを解析して、地球の正確な位置と転移方法を考えるよ。また気が向いたら配信するから、よろしくね」

『あいあい』

『待ってるよ！』

『うまくいけば異星人が来るってわけだな。胸熱すぎる』

なるほど。確かに異星人ということになるでしょう。不思議なことに、こちらの人族とあちらの人間はほとんど同じのようですが。

リタも地球に行くのがとても楽しみです。実現するためにも、研究をがんばりましょう。

そう考えながら気合いを入れたリタの目に、そのコメントが流れていきました。

『そのがんばりの理由がカレーライスを食べたい、という理由について』

それは触れなくていいことです。

第一話

私はリタ。精霊の森の守護者だ。

私は幼い頃、この森の入り口に捨てられていたところを、師匠に拾われたらしい。拾われた直後のことはあまり覚えてないけど。

師匠に拾われた後は、守護者である師匠から直接魔法を教わって、今では私が守護者の立場を引き継いでる。

魔法を教わっている間、師匠からは多くのことを教えてもらった。魔法のことだけじゃなくて、師匠の出自とか。

師匠は地球という世界の日本という場所で生まれ育ったことがあるらしい。そこで死んで、世界樹の精霊によってこの世界に呼ばれたのだとか。

そのためか、師匠から聞く故郷の話は、とっても不思議な世界だった。

そして、師匠は転生の特典とやらで、その世界との繋がりを持っていた。

配信魔法、だって。これを使うと、師匠の故郷と交流ができるとてもすごい魔法だ。最初はどんな魔法か想像もできなかったけど、今となっては私も慣れたものだったりする。

師匠は守護者の資格と、そしてついでに配信魔法を私に引き継ぐと、せっかくの異世界だから見て回ってくると森を旅立っていった。それ以来、私は一人で過ごしてる。

でも、寂しくはない。師匠から引き継いだ魔法を使えば、いろんな人とお話しできるから。もしかしたら寂しくないようにとこの魔法をくれたのかも。

森でのんびりと過ごしながら、時折異世界の人と話していて。

私は思った。思ってしまった。この世界に行ってみたい、と。

いやだって、気になるよ。魔法はないけど科学というものですごく便利な世界。その上、美味しいものもたくさんあるんだとか。

師匠に作ってもらったカレーライスというものは、すごく美味しかった。それですら、日本ののと比べるとかなり劣っているらしい。

美味しい料理を、カレーライスを食べてみたい。ということで、私は地球を探すことにした。


そして、今日。

「見て、精霊様。魔法、作ってみた」

世界樹の精霊様に紙に書いた魔法陣を見せると、それはもうとても驚いていた。

「嘘《うそ》でしょう……？　本当に、作ってしまったんですか？」

「作ってしまいました」

「ええ……」

精霊様は、半透明の不思議な人だ。姿は人族のものだけど、常に宙に浮いていて、けれど世界樹から離れることはできない。足首まで届く長い髪もその瞳もそしてシンプルな衣服も、全体的に緑色。そういうものらしい。

その精霊様は、私の魔法陣を見て頭を抱えていた。

「信じられません。どうして作れるんですか。私の魔法を解析しただけでも、はっきり言って異常なのに……」

「照れる」

「褒めてませんが」

精霊様は大きなため息をつくと、まあいいでしょう、と諦めたみたいに首を振った。ちょっとひどいと思う。

「それで、リタ。どうするつもりですか？」

「その前に、精霊様から見て、この魔法はちゃんと使えそう？」

精霊様に魔法陣を書いた紙を渡すと、精霊様はじっとその魔法陣を見始めた。邪魔をするのも悪いので、黙って待つことにする。

地球に行ったら何しよう。もちろんカレーライスは食べたいけど、他にも美味しいものがたくさんあるはずだし、漫画とかゲームとか、そういうのも興味ある。

ああ、そうだ。アニメ。アニメも見たい。他の人の配信ってやつも見たい。ああ、やりたいことが多すぎて困るなあ。すごくすごく楽しみ！

「リタ。聞いてます？」

「聞いてませんでした」

「でしょうね。すごく気持ち悪い笑顔でにやにやしていましたよ」

「………。気をつける」

「そうしてください」

私はこれでも、世界に一人だけの守護者だ。こう、威厳というものがいると思う。

「ん？　人に見せることのない威厳になんの意味が……？」

「魔法はもういいのでしょうか？」

「あ、ごめんなさい。聞きます」

危ない。威厳が必要かどうかは今はいいよね。それに、これから行く地球だとたくさんの人に見られることになるだろうし。異星人代表として、かっこよくありたい。

「この魔法ですが、結論を言えば、問題なく使えます」

「やった！　じゃあ、早速……」

「ただし、条件があります」

「条件？」

「こちらのものをあちらに置いて帰らないこと、逆にあちらのものをこちらに持ってこないこと、です」

んー……。つまり、食べ歩きはしてもいいってことかな。お土産とかで何かを買ってくるのは避けてほしいってことかも。

「あれ？　でも私、配信でお菓子もらってるけど」

「森から持ち出さなければ大丈夫ですよ。正確に言えば、この世界の人族の手に渡らなければ問題ありません」

ああ、なるほど。まあ、ろくなことにならないよね。

この星も緑と水がたくさんある豊かな星だけど、それでも環境とかは全然違う。私にとっては無害でも、あっちの人にとっては劇毒になる場合だってある、かもしれない。その逆もね。

そういった事故を防ぐためにも必要だし、事故とかなくても調べられたりとかしたら、それも大変なことになりそう。あっちにはないものだし。

「分かった。気をつけます」

「はい。あなたは普段からよく働いてくれています。休暇だと思って、楽しんできてください」

「ん。他に何か気をつけておいた方がいいことってある？」

そう聞いてみると、精霊様は少しだけ視線を上向けて考える素振りを見せたけれど、

「特に……ないでしょう……。自由にしても大丈夫。なんなら、少しやんちゃをしても。どうせあちらの星で何があろうと、私には関係ありませんし」

「…………」

うん。よし。聞かなかったことにしよう。

ちょっとだけ頬が引きつるのを自覚しながら、私は自分の家に戻った。


「というわけで、今から地球に行きます」

帰宅して、早速配信を始めて宣言した。こういうのをなんて言うんだっけ。善は急げ？　そんな感じ。

『まってまってまってまって』

『開始早々何言ってるんですかねこの子は』

『ネタなのか冗談なのかマジなのか、くわしく』

怒濤《どとう》の勢いでコメントが流れていくけど、全部を読むのはめんどくさいので適当に答えていけばいいかな。

「転移魔法、作れたよ。さっき、精霊様にも見せてお墨付きをもらったところ」

『早すぎませんかねえ!?』

『前から思ってたけど、魔法に詳しくない俺らでも分かるぐらいに成果出すの早すぎる』

『何かやってんの?』

「ん。亜空間を作って、普段はそこで研究してる。中の方が時間の流れが速い」

『ああ、なるほど。いわゆる精神と……』

『それ以上はいけない』

『はへー。便利なお部屋ですねえ』

『あれ? リタちゃんってハイエルフだから成長がすごく遅いって聞いたような』

『つまりロリババア』

『やめろｗｗｗ』

なんかすごく喧嘩《けんか》を売られた気がするけど、かといってなんとなく、否定できないやつの気もする。師匠直伝、都合の悪いことは無視、だ。

「で、今から行くよ」

『今から?　……今から!?』

『今って、マジの今から?　今すぐってこと!?』

『行動力の化身すぎるｗｗｗ』

とりあえずカレーライスが食べたい。でも師匠から聞いた話が間違ってないなら、カレーライスって日本のどこでも食べられるらしい。だったら、正直どこでもいいかなって。

ただ、人の住んでない場所だけは避けないといけないけど。山奥とか行っても、散歩して帰ることになりそうだし。

「行き先、どうしよう。日本は決めてるけど、日本も広くていろいろあるみたいだし」

まあ、うん。いっか。それよりも、決めることがある。

ん？　あれ、違うの？　ちょっとだけ褒められたと思ったんだけど。

『褒めてないんだよなあ』

「それほどでも」


私がいくら考えても、当たり前だけど分かるはずがない。だから相談しようと思ったんだけど、ふと思った。この人たちの性格から考えると。

「オススメ聞いたら、自分が住んでる場所ばかり答えてきそう」

『なぜばれたし』

『そそそそんなことことするわkぇwなあお；kDS：jf』

『落ち着けwww』

『全員がそうとは言わんけど、まあかなりの割合でいるとは思うぞ』

つまりまともにオススメが出てくると思わない方がいいってことだね。

それなら、やることは一つだ。なんだっけ。えっと……。

「そう。安価だ」

『安価⁉』

『安価⁉　それはそれで面白そうだけど、スレじゃないのにどうやんの？』

『それよりも初めての地球を安価で決めるなよｗｗｗ』

「ん。じゃあやめる？」

『是非お願いします！』

素直でよろしい。

私も直接見たことがないから詳しくは知らないけど、確か質問者、でいいのかな？　適当に番号を指定して、その番号を取った人の提案通りに動く、とか、そんな感じだったはず。

視聴者さんが言うように、コメントに番号なんて割り振られてない。だから。

「私が手を叩いてから、十番目に流れたコメントの場所に行くよ」

『なるほど』

『コメントなら履歴として流れてるし、まあ分かるっちゃ分かる』

『いや待て、十番目って早すぎませんかね。本当に一瞬だぞ』

『つまり、反射神経の勝負！』

『やっべえ、意味もなく緊張してきたｗ』

『おう。露骨にコメント減り始めてんぞ。お前ら準備しすぎだろｗ』

流れてるコメントの量が明らかに減ってるね。いつもひっきりなしにコメントが流れてるのに、今はもうたまにしか流れてない。みんな待ち構えてるみたい。

私が両手を前に出すと、そのコメントも止まってしまった。

それじゃあ。ぱん。

『栃木《とちぎ》！』『東京《とうきょう》』『名古屋《なごや》』『竹島《たけしま》』『秋葉原《あきはばら》』『難波《なんば》！』『札幌《さっぽろ》。ラーメンうまい』『琵琶湖《びわこ》』『那覇《なは》とか！』

『心桜島《こころじま》』

『青森《あおもり》！』『鳥取砂丘《とっとりさきゅう》』『四国《しこく》のどっか！』『飛島《とびしま》の名前が好き』『うどん！』

『もうええかな？』

『誰だよ琵琶湖とか言ったやつwww』

『食べ物言ってるやつもおったぞw』

いろいろ出たね。悪ふざけもいくつかあったけど。琵琶湖って、日本で一番大きな湖だっけ？　この森にも大きい湖があるけど、どっちの方が大きいのかな。

とりあえず結果確認から、だね。

「えっと……。読めない。心に桜って文字の島」

『こころじまだね』

『最近開発が始まった島やな。一応、東京のはず』

『東京の離島かな？　観光にはええやん』

『なお目的はカレーライス』

『かすりもしてねえwww』

あまり人がいなそう？　ある程度人のいる場所の方が、美味しいお店がありそうだったけど。でもまあ、カレーライスにこだわらなくても、最初の転移だし観光を楽しめれば十分ということで。

地図を買えれば、次の目的地とか決めやすくなるしね。

そう。地図。師匠が作った地図に心桜島はあった覚えはあるけど、正確な位置までは分からない。

「心桜島提案者さん、いる？」

『はいはーい。自分でーす』

『戦犯』

『ギルティ』

『処す？　処す？』

『いや、なんで？』

相変わらず血の気の多い人たちだ。

「心桜島に住んでる？」

『そうそう。うちに来てくれたら、美味しいカレーライスを作るよ』

『へ、へんたいだー！』

『不審者だー！』

『やってることが犯罪者のそれだぞ分かってる？』

『え。いや待ってそんなつもりない』

「んー……。美味しいカレーライスがあるなら、いいよ。魔法陣広げておいて。目印にするから」

『正気か？』

『リタちゃん考え直した方がいい。ろくでもないやつだぞ！』

『失礼だなあ！』

本当にちょっと失礼だとは思うけど、でも私を心配してくれてる人の方が多いってことは、感覚がずれてるのは私の方かな。この辺りは、少しずつ直していった方がいいかも。

でも、心配する必要とかはないよ。

「銃だっけ？　撃たれたとしても剣で斬られたとしても刺されたとしても問題ないから大丈夫。結界張ってるし」

『アッハイ』

『リタちゃんが強すぎる……』

『見た目のかわいらしさに忘れがちだけど、この子、精霊様曰《いわ》く世界最強の一角です……』

『心配するだけ無駄だなこれ』

最強かどうかは分からないけど、でも一般人に不意打ちで負けるようなことはさすがにない、と思う。

うん。心桜島の人も魔法陣を広げてくれたみたいだ。それじゃ、行ってみよう。

「それじゃ、行くよ。ちなみに私以外の人にはモザイクっていうのがかかるから、よろしくね」

『プライバシー大切だもんな』

『見習えマスゴミ』

『荒れる話題はやめるんだ』

それじゃ、行ってみよう。

「てんいー」

『気の抜ける言い方すんなｗｗｗ』

知りません。

というわけで、やってきました心桜島。の、上空。眼下に小さく島が見えてる。ちょっとした町はあるみたいだけど、島そのものは精霊の森よりも小さいかもしれない。

いや、広大な精霊の森と比べる方がおかしいかな。師匠曰く、四国ぐらいの大きさはあるらしいから。私はその四国がいまいち分からないけど。

私の魔法陣の反応があるのは、多分マンションっていう建物からだ。十階建てで、五階の部屋にあるらしい。魔法陣がある部屋のベランダに近づいてみよう。

その前に、コメントが流れる黒板を軽く叩く。すると黒板はすっと消えて、コメントが私の耳に聞こえるようになった。少しうるさいけど、人と会うのに出しっぱなしは邪魔だからね。

「大きい家だね。日本のお家はみんなこんな感じ？」

『違うぞ』

『マンションの中では中堅ぐらいでは？　でかいやつはもっともっとでかい』

『三十階とかあるからな！』

「ふーん……。物好きだね」

『ひでぇw』

いやだって、そんなに高いところに住んでどうするのかな、て思うよ。一階に下りるだけでも大変そうだ。

そんなことを話していたら、ベランダの窓が勢いよく開かれた。

「わ……」

思わずそんな声が漏れてしまった。

窓を開けたのは、小さな女の子。多分、五歳ぐらい。私を見て、きょとんと首を傾《かし》げてる。

『幼女だ！』

『モザイクで幼い子供しか分からんけど、多分幼女！』

『まさかこの子が視聴者!?』

『いや、その子は妹。ちょっと待ってて』

『何故か妙に安心した俺がいるw』

『気持ちはわからんでもないw』

妹さんか。どうしようかな。私のことは聞いてるのかな。

ベランダに下りてみる。狭いベランダで、小さな鉢植えがいくつかある。何かの芽が出てるね。

女の子はじっと私を見てたけど、やがて一歩下がって、

「おねえちゃあああん！　まほうしょうじょ！　まほうしょうじょだー！」

そう叫びながら部屋の中に走っていった。

「魔法少女だって」

『魔法少女……少女？』

『確かにリタちゃん、見た目は少女だね。で、実年齢はおいくつで？』

「さあ？」

いわゆる黙秘権、というわけでもなく、単純に覚えてないだけだ。研究の時はそれに没頭してる

から。亜空間の中は昼夜がないから、余計に分からない。

でも、少女ではないかな。うん。

「リタちゃん、中に入っていいよ！」

部屋の中からそう声がした。女の人の声だ。

『まって』

『え、もしかして女性？』

『うせやろ⁉』

さすがに失礼だと思うけど、私も男だと思ってたよ。

確か、日本では靴を脱ぐんだよね。ブーツを脱いで、中に入ってみる。

中はリビングだ。ベージュのカーペットが敷かれていて、中央には机がある。机の側には座布団が三つ。壁際にはテレビ、だったかな。あとは棚もいくつか。

窓の逆側に扉があって、そこに少女が立っていた。年は、十五ぐらいかな。黒髪をポニーテールにした少女だ。パーカーにジーンズという服装。

その少女の足に、さっきの女の子がしがみついてる。ショートカットの黒髪で、くりくりとした目がかわいらしい。

「おねえちゃん！　ほら！　まほうしょうじょ！」

「うん。魔女ちゃんだよ。リタちゃんっていうの。ほら、挨拶」

「はい！」

女の子が少女の足から離れて、そして勢いよく右手を上げた。

「中山千帆《なかやまちほ》です！」

なるほど。

「かわいい」

『かわいい』

『かわいい』

小さい子は初めて見たけど、なるほど、これはかわいい。守りたくなっちゃう。

「私はリタ。魔女だよ。よろしくね。ちほちゃん」

「ともだちからは、ちいちゃんって呼ばれてます！」

「ちいちゃん、だね。わかった」

あだ名ってやつかな。少し羨《うらや》ましいかも。

ちいちゃんの頭を撫《な》でると、今度はもう一人の方が自己紹介してくれた。

「私は中山真美《なかやままみ》です。よろしくね、リタちゃん」

「ん。あなたがコメントをくれた人？」

「そうだよ」

『なん……だと……？』

『声で分かる。間違いなく美少女』

『声ソムリエたすか……、いやきめぇわ』

『ひでぇｗｗｗ』

視聴者さんは男の人の方が間違いなく多いって師匠も言ってたから、正直予想外だ。

実を言うと私としてはどっちでもいいんだけど。男の人は師匠しか知らないし、女の人は精霊様しか知らない。……いや、精霊様って性別あるのかな……？

ともかく、私としてはどちらも未知の相手だから、あまり気にならない。話しやすそうな人だからそれは嬉しいけど。

「リタちゃんの希望はカレーライスだよね。もうすぐできあがるから待っててね」

「ん」

ああ、本当に作ってくれてるんだ。それは純粋に嬉しい。

真美さんが料理得意かは分からないけど、師匠のよりは美味しいはずだ。材料からして違うしね。師匠は材料が悪すぎるって言ってたぐらいだし。

真美さんが部屋を出て行く。さて、私は何しよう。

「魔女のおねえちゃん！」

「ん？」

ちいちゃんは部屋にいたままだった。じっと私を見てる。なんだろう、瞳がきらきらしてる気がする。これが期待の眼差《まなざ》しってやつなのかな。

「魔法、つかえるの？」

「ん。使えるよ」

「見たい！」

「いいよ」

どんなのがいいかな。森にいる時なら少し危ない魔法でも問題ないけど、さすがにここでそれは危ないよね。

んー……。

「ちょっと待ってね。危なくない魔法を構築するから」

「はーい！」

『今さらっとすごいこと言ったような』

『こうちく……構築？　今から作るの!?』

『そんな簡単に作れるもんなん？』

「ん。作れるよ」

師匠曰く、魔法は術式のイメージ。効果をイメージして、それに対応する術式を脳内で構築、その術式を描くことで魔法は効果を発揮する。

術式を描く方法は人それぞれ。術式を言葉にする詠唱という手段を用いる人もいれば、直接地面とかに書く人もいる。そして私や師匠は、自分の魔力で見えない術式を空中に描く方法だ。

危なくない、でもちょっと派手そうな効果を考えて、術式を構築して、転写。杖で軽く床を叩けば、色とりどりのたくさんの泡が部屋に舞い始めた。

シャボン玉、だっけ。師匠に見せてもらった時はなんの意味があるのかなと思ったけど、これはこれで綺麗《きれい》だったと思ったから真似《まね》してみた。

「わー！　すごい！　しゃぼんだま！」

うん。喜んでくれたみたい。たくさんのシャボン玉をちぃちゃんが追いかけてる。ちょっとやそっとじゃ割れないようにしたのが良かったのか、ぺちぺちとシャボン玉を叩いていて楽しそう。

『これは子供が好きそうな』

『綺麗やねぇ』

『はへー。危なくない魔法もあるんだなあ』

むしろ本来の魔法の用途は、生活を楽にするためのものらしいからね。こういうのが普通、のはず。多分。

「魔女のおねえちゃん、すごーい！」

「ん……」

『照れてはにかむリタちゃんかわよ』

『ちょっと顔赤くしてるのがいいね！』

『てれてれリタちゃん』

「…………。配信切っていい？」

『すみませんでしたあ！』

『やめてくださいしんでしまいます！』

あまり突っ込まないでほしいからね。恥ずかしいから。

シャボン玉を楽しそうに追いかけるちいちゃんを眺めていたら、扉が開いて真美が入ってきた。その手には、山盛りのカレーライス。

「温めながら見てたけど、これはすごいね」

シャボン玉を見ながら真美が言う。ご飯を食べるなら、さすがに邪魔かな。

「ちいちゃん。シャボン玉、消すよ。いい？」

「えー……。うん……」

ちょっと残念そうだけど、すぐに頷いてくれた。いい子だね。

シャボン玉を消すと、真美がカレーライスを机に並べ始めた。三人分だ。そのうち一つは小さいお皿。ちいちゃんの分だね。

そして、そのカレーライス。ご飯の上に、見慣れないものが載っていた。

茶色いさくさくしていそうな、何か。

「これは……？」

「トンカツだよ？」

「トンカツ……！」

トンカツ！　師匠が作ろうとして諦めていたもの！　つまり、これが……！

「伝説の、カツカレー……！」

『でwwwんwwwせwwwwつwww』

『伝説のwww』

『思わず茶吹いたわwww』

まさか、カツカレーを食べられるなんて！　どうしよう、すごく嬉しい……！

い、いいのかな？　本当に食べていいのかな？

真美を見ると、おかしそうに笑っていた。それを見て、少しだけ正気に返る。うん。ちょっと恥ずかしいかもしれない。いやでも、それぐらい本当に嬉しい。

「どうぞ、リタちゃん。遠慮なく食べてね」

「ん……！」

手を合わせて、いただきます。

まずは、トンカツ。一口サイズにカットされてるトンカツを口に入れてみる。

「さくさくしてる……。なんちゃってトンカツとは全然違う……！」

『なんちゃってトンカツってなんだよｗ』

『師匠が作った失敗作なんだろうなっていうのは分かるｗ』

『むしろそれが見てみたいんだがｗ』

あんなもの、見たところで何も面白くはないよ。お肉にべちゃべちゃの何かがかかってただけだったし。まさかあれの完成形がこんなに美味しいなんて……！

「お肉もすごくやわらかい。んー……。変なお肉だね」

お肉を見てみると、なんだろう、厚切りのお肉じゃなくて、薄いお肉を重ね合わせたようなものになってる。

『ミルフィーユカツやな。薄切りの豚肉を重ね合わせて揚げたカツ』

『おいしいやつ』

『難しくはないけど、わりと面倒だよなこれ』

聞いた限りだと難しく思えるけど、実際にやると簡単なのかな。でも、面倒なのは変わらないみたい。わざわざ作ってくれたってことだよね。

真美を見る。にこにこしてる。

「すごく美味しい」

「そう？　良かった」

小さく、安堵《あんど》のため息が聞こえてきた。不安だったのかな。作ってくれてるのに文句なんて言うわけないいんだけど。

それじゃ、次はカレーそのものを……。

「なにこれ。すごくどろどろしてる」

「え？」

『え？』

『映像見る限り、標準程度だと思うけど』

『リタちゃんが食べた師匠のカレーってどんなんだったんだ……？』

「ご飯に茶色の水がかかってた」

『お、おう』

『なにそれ（困惑）』

『聞くだけでまずそう』

いや、美味しかったから私は気に入ってたんだけど……。でも、これとは全然違うね。師匠がこれをイメージしてたなら、失敗作だって言ってたのも理解できる。

ご飯にかけて、食べてみる。ぴりっとした辛さは私好みだ。

「とりあえず、これだけは言える」

「な、なに？」

「師匠のカレーライスは生ゴミだった。間違いない」

『ちょwww』

『辛辣《しんらつ》ぅ！』

『そこまで言うかw』

そこまで言うほど違うんだから仕方ない。私も、ここまで違うなんてびっくりだ。

初めて師匠のカレーを食べたあの日。とても美味しくて、すごいご馳走《ちそう》だね、なんて師匠に言ったけど、師匠は微妙な表情だった。今ならその気持ちが分かる。思ってたのと違ったんだね。

「ん……。食べるのに集中していい？」

「う、うん。どうぞ」

「ありがと」

じっくり堪能させてもらおうかな。


お代わりもいただいて、三杯も食べてしまった。いや、美味しくて、つい。

『すごく美味しそうに食べてたなあ……。カレー食べようかな』

『今レトルトのカレー温めてる』

『出前のカレー頼んだ』

『おまえらwww　俺はコンビニで買ってきたぞ』

『お前ら行動力ありすぎだろw　カレー専門店に向かってる』

今日はみんなカレーライス食べるのかな。これだけ美味しいなら、毎日でも食べたくなるよね。

うんうん。私も毎日食べたい。

ところで。

「ちいちゃん？」

「なあに？」

「ん……。いや、いいけど」

私がカレーライスを食べ終わってから、ちいちゃんが私の膝《ひざ》の上に座ってきた。そのまま小さい器でカレーを食べてる。食べにくくないかな？

「おまたせ、食後のデザート……、ちい、何やってるの？」

「えへへー」

「リタちゃんに迷惑でしょ！　早く下りて！」

「あ、いや。私は別にいいよ」

正座の上に座られてるけど、痛いってほどでもないし大丈夫だ。

ほどよい場所にちいちゃんの頭があるのでとりあえず撫でてみる。さらさらの髪の毛だね。妹がいたら、こんな感じなのかな？

「リタちゃんがいいなら何も言わないけど……。ちい、食べたら戻りなよ？」

「ん！」

口をいっぱいにして頷くちいちゃん。とてもかわいい。なでなで。

「リタちゃんがでれでれしてる……」

『意外な一面だなあ』

『クールでかっこいい系と思ってたんだけど。いやかわいいけど』

『やはり幼女。幼女しか勝たん』

『何言ってんだお前』

なんだろう。癒《い》やし系だね。正直なところ、物珍しさというのもあるんだけど。

「ところでリタちゃん。これ。デザート。アイスクリーム」

「アイスクリーム……？」

それも師匠に聞いたことがある。

「師匠が作ろうとして凍った牛乳になったやつだ」

『なんて？』

『凍った牛乳ｗｗｗ』

『師匠さん、一体何と勘違いしたんだよｗ』

よく分からないけど、牛乳を凍らせたらそれっぽくなるんじゃないか、とか言って凍らせた結果だったはず。最終的に砕いて舐《な》めて食べた。

アイスクリームというやつは、確かに色は白いけど、凍った牛乳とは全然違う。スプーンですくってみると、少し硬いけどあっさりと取れた。

口の中に入れてみると、冷たい甘さが口の中に広がって、とっても幸せな気持ち。

「ん……。美味しい」

「あはは。良かった」

「師匠は生ゴミ生産者だった」

「ちょ」

『生ゴミ生産者ｗｗｗ』

『辛辣すぎるｗ』

『でも話を聞いてる限りあながち間違ってないｗ』

いや、悪くはなかったんだけどね。うん。

アイスクリームを堪能した後は、のんびりとする。というより、ちいちゃんが相変わらず私の膝の上で食べてるから動けない。

もちろん嫌ってわけじゃない。おとなしいし、とってもかわいい。

「撫で心地もとてもいい感じ」

「むぐ？」

「気にせずに食べてね」

アイスクリームをもぐもぐしてる。にっこり笑って頷いてくれた。見てて和むね。本当に、子供は初めて見たけど、こんなにかわいいんだなあ。

『リタちゃんにも同じような頃があったはずだぞ』

『師匠さんが同じことを思いながら育ててくれてたはず』

「ああ、うん。よく私に、いないいないばあ、とかやってたよ。変な顔してて、ちょっと意味が分からなかった」

「え。リタちゃん、小さい時のこと覚えてるの？」

「ん。覚えてる」

拾われてからだけじゃなくて、捨てられるまでも私は覚えてる。

私が魔女として生きていけるのも、この記憶力が理由の一つだ。魔法使いにとって、記憶力は魔力を扱う才能と同じぐらい、もしかするとそれよりも重要な才能だから。

『記憶力もそうだけど、師匠の話がびっくりなんだけどｗ』

『いないいないばあｗｗｗ』

『あの人、そんなことする人だったのかｗ』

わりとでれでれしてたかな。さすがに私が覚えてるなんて考えてもなかったみたいだけど。

私がその話をした時に、面白いぐらいに頬が引きつってたからね。

「さてと。それじゃ私は食器を洗ってくるから、リタちゃんはゆっくりしていってね」

そう言って、真美が立ち上がった。

「ん？　それだったら私がするけど」

「え。あ、いや。さすがにそれは……」

「すぐ終わる」

洗浄の魔法を使うから問題ない。カツカレーをご馳走になって、アイスまでもらって、その上何もせずに帰るなんて、さすがにそれはだめだと思う。

杖を持って、洗浄の魔法を使う。机の上の食器が一瞬だけ光に包まれて、新品みたいに綺麗になった。

「わ……。すごい。ありがとう」

「ん。こちらこそ」

「それじゃ、片付けだけしてくるね」

真美が食器を持って部屋を出て行く。それも手伝いたいところだけど、さすがに食器を片付ける場所までは分からない。

『洗浄の魔法って便利そうやな』

『いいなあ。洗い物をしなくていいってだけでかなり助かる』

『ところでちいちゃんのお目々がめっちゃきらきらしてますが』

「ん……？」

膝の上のちいちゃんを見てみると、こちらを見つめていた。なんだかすごく、物欲しそうというか、なんというか。

「ちいちゃん？」

「さっきの！　ちいも使いたい！」

「ええ……」

さっきの魔法って、洗浄の魔法だよね。どうしてこれなのかな。いや、私もこの辺りの、日常生活に使える便利な魔法を先に覚えたけど、それは師匠の指示だったし。

「この魔法を覚えたい理由って、何かある？」

私の世界の人相手なら洗浄の魔法なんて少し勉強すれば簡単に覚えられるものだから、教えてあげてもいいと思える、かもしれない。

でもちいちゃんは、この世界の住人だ。日本人だ。魔法のない世界で、魔法を教えるのは少し問題になると思う。

だから、理由を聞いて、それでだめだと言おうと思ってたんだけど……。

「おねえちゃんがね、毎日がんばってるから」

「うん」

「少しでもちぃがお手伝いしたいなって……。でも、ちぃが手伝おうとしても、遊んでおいでって言われちゃうから……」

「………。そっか……」

『ええ子やなあ』

『視聴者の妹とは思えないできた妹やで』

『おう。ここの視聴者がろくでもない奴《やつ》らばかりと決めつけるのはどうかと思う。否定できんけど』

『できねえのかよｗｗｗ』

真美も、ちぃちゃんには自由に遊んでほしいと思ってるのかな。まだ小さい子だしね。

でも、二人の両親はどうしたんだろう。ちぃちゃんはまだ小さいし、真美も日本で働ける年齢ではないと思う。両親がいれば、そこまでお手伝いとか意識しなくてもいいと思うんだけど。

「んー……。配信しながら聞くことじゃない、か」

顔も知らない人たちに聞かれたくはないだろうから。

「今日の配信はここまで」

『え』

『ちょ、いきなり!?』

『リタちゃん待って！』

待たない。配信の魔法を解除すると、すぐに光球は消えてしまった。

「ちぃちゃん。お父さんとお母さんは？」

「えっとね。おとうさんは、おっきい島でおしごと！　おかあさんは、ずっとおしごと！」

うん。ごめん。意味が分からなかった。配信はやめるべきじゃなかったかも。

「お父さんは島の外というか、東京の方で働いてるよ。お母さんは、お昼前から夜遅くまで働いてるかな」

戻ってきた真美に聞いてみたところ、そんな答えが返ってきた。

「ん……？　わけあり？」

「いやあ……。どうだろう？」

真美の家族は貧しいというわけではないけど、お父さんの収入だけだと少し厳しいらしい。だからお母さんも働いてるらしいけど、昼から夜の仕事しか見つからなかったそうだ。

「日本ではよくある共働きの家庭だよ。お母さんのお仕事の時間がちょっとずれてるだけかな。晩ご飯は一緒に食べられないけど、朝ご飯と休日は一緒にいるし」

「ふうん……」

でも、晩ご飯とかの用意は真美がしてるってことだと思う。ちぃちゃんからすると、忙しそうに見えるのかな。楽させてあげたい、とか。

まあ、うん。それなら、教えてあげてもいいかな、なんて。初めて出会った日本人だしね。少しぐらい特別扱いしてあげたい。

「ちぃちゃん。魔法、教えてあげる」

「え」

「ほんと!?」

目をまん丸にして驚く真美と、嬉しそうに顔を輝かせるちぃちゃん。真美は不安そうな表情になったけど、安心してほしい。危険な魔法を教えるつもりはないから。

「注意として、家の外で使わないこと。これを絶対に守れるなら、洗浄の魔法とか、便利な魔法を教えてあげる」

「まもる！」

「ん。なら良し」

真美が何か言いたそうな顔をしてるけど、もう決めた。あ、いや、でもさすがに、お母さんの許可は取っておこうかな。

「お母さんがだめって言ったら、だめだからね。期待はしちゃだめ」

「う……。はーい……」

ちぃちゃんがしょんぼりしちゃったけど、聞き分けよく頷いた。とてもいい子だ。なでなでしてあげよう。なでなで。

「えへへ……」

「かわいい。お持ち帰りしたい」

「やめて」

真美に真顔で注意されてしまった。冗談なのにね。

「というわけで、ただいま」

『何が、というわけ、なんですかねえ』

『いつの間にかいつもの森である』

あの後、いつもの森に帰ってきた。二人のお母さんに直接説明しようと思ったんだけど、真美が言うにはややこしくなるからやめて、とのことだった。真美が説明してくれるって。

正直なところ、私は説明が苦手だから助かった。

『結局どうなったん？』

「ん。危なくない魔法だけ教えてあげるつもり。洗浄の魔法とか」

『教えるのか』

『ちょっと意外』

『洗浄の魔法なら、まあ大丈夫、か？』

多分大丈夫。もしかしたら使い方次第では悪いこともできちゃうかもだけど、そんなのは子供でも触れる道具でも同じことだ。ちゃんと教えてあげれば大丈夫、なはず。

『それでリタちゃん。初日本、というより初カレーの感想は？』

「控えめに言って最高」

まさかカツカレーを食べられるなんて思わなかった。すごく、すごく美味しかった。是非ともまた食べたい。想像しただけでよだれが出そう。

「テレビ、ていうのも見たけど、あれもすごい。あんなに薄い板みたいなやつで絵が動くなんて、意味が分からない。科学すごい」

『なんだろう。ちょっと嬉しい』

『わかる。にまにましちゃう』

『ドヤア！』

『まあ作ったのは俺たちじゃないんだけどなｗ』

でも、地球の人間が作ったのは間違いない。本当にすごいと思うよ。こっちの人は絶対に作れないから。科学技術そのものがそれほど発達してないし。

暗くなりつつある森をのんびり歩く。向かう先は、世界樹だ。

世界樹にたどり着いた私は、すぐに精霊様を呼んだ。

「精霊様、いる？　いないね。じゃあお土産はなしで」

「います！　いますから！　せめて返事する時間をください！」

『草』

『リタちゃんｗｗｗ』

『精霊様おっすおっす！』

『相変わらず美人やなあ』

精霊様はコメントが流れる黒い板を一瞥《いちべつ》して、けれどそれを意識から外したみたいで私に視線を戻した。師匠も言ってたけど、コメントは気にしすぎると終わらないらしい。正しい対応だと思う。

「それで、お土産とはなんでしょう？」

「ん。これ」

持っていた袋を掲げてみせる。私が帰る前に、真美が買ってきてくれたものだ。精霊様と分けてねと渡されたから、独り占めしたいのを我慢して分けてあげよう。

「感謝しろー」

「ははー」

『何やってんだこの二人ｗ』

『上下関係あるはずなのに仲いいなあｗ』

『友達みたいな関係に見えるよな』

んー……。実際、どうなんだろう。精霊様の指示や命令に従うけど、なんというか、上の人って
いう感じではない。命令といっても、いつもお願いの形式だしね。

でも、私たちはこれでいい。話しやすいこの関係がいい。

「ところでリタ」

「なに？」

「いきなりあちらの星のものを持ち込んでいるじゃないですか……」

「ん。漫画で読んだ。ばれなきゃいいのさ」

「すごく正直に報告してきましたね」

「ルール違反をしちゃいけないってルールはなかった！」

「リタ？　悪い影響を受けていませんか？」

「そんなことない」

ちょっと悪のりしただけです。

『本当に悪い影響受けまくってるやんけｗ』

『なんか、うちの国が本当に申し訳ない……』

『テレビを褒められた誇らしさが一瞬で消えちまったよ……』

でも漫画もすごく良かった。師匠から教えてもらってはいたけど、実際に見たことはなかったから。師匠は描いてくれようとしたけど、師匠の絵は壊滅的だったからね。

「そんなことより、お土産。ここで全部食べて捨てたら問題ないはず」

「それもそうですね」

この世界の人の手に渡らなければ問題ないって話だったからね。さすがにそれぐらいはちゃんと覚えてる。

「この袋もすごい。ビニール袋、だって」

「薄くて丈夫なのでしたね。ちょっとしたものなら手軽に持ち運びできて便利そうです」

「師匠が作ったアイテムボックスっていう魔法があれば必要ないけど」

「それを言う必要はありませんよね？」

アイテムボックスっていうのは、亜空間の魔法を応用して師匠が作った魔法だ。亜空間の魔法に似てるけど、アイテムボックスで作った空間は時間の流れが遅くなる。かなりの量が入るから、それさえ使えれば道具の保管や持ち歩きは困らないんだよね。

『すごい魔法だよなあ、アイテムボックス』

『それが使えるだけで物流に革命が起きるな！』

『そういえば、今日の子にアイテムボックスは教えるん？』

ちいちゃんに、てことだよね。確かにアイテムボックスはそれほど危険な魔法じゃないから教えても問題はないかもしれないけれど、それよりも何よりも。

「多分、使えない」

『あら』

『そうなん？』

「必要な魔力がわりと膨大。子供の頃から魔法に触れてるこの世界の人でも、使える可能性がある人は少数だと思う」

極めて便利な魔法ではあるけれど、出し入れのたびに少なくない魔力を要求される。地球の人だと、使うことすらできないはず。

探せば、もしかしたらいるかもしれないけど。

「そんなことより、お土産」

ビニール袋から取り出したのは、カレーパンが二個と四本入りのみたらし団子が一パック、あとは真美お手製のおにぎりが二つ。精霊様と二人でちょうど分けられるようにしてくれてる。

「どうぞ、精霊様」

「はい。ありがとうございます」

精霊様にカレーパンとおにぎりを渡して、と。それじゃあ、早速食べよう。

カレーパンの袋を破って……。この袋もすごい。日本すごすぎない？

ぱくり、と一口。んー……。

「カレーがない……」

『ああ……w』

『リタちゃん、市販のカレーパンってわりと中具が寄ってる時があるんだ。食べ進めれば出てくる』

「へえ」

もぐもぐと食べ進めていけば、すぐにカレーが出てきた。カレーライスのかかっているようなどろっとしたものじゃないけど、これは確かにカレーだ。ほんのり甘めだけどスパイシー、それがパンによく合う。美味しい。

「パンにカレーを入れるという発想をした人は天才だと思う」

『わかる』

『そこに気が付くとは、さすがやでリタちゃん』

『パンにあんこを入れたあんパンも美味しいよ』

『特に粒あんパンがな』

『いや、こしあんの方がうまいし』

『は?』

『あ?』

なんだか険悪な雰囲気になってるけど、気にしないでおく。和菓子の話をしていたら、たまに始まる喧嘩と似たようなものだから。そのうち勝手に終わる。

流れる量が増えたコメントを無視して精霊様に視線を向けると、美味しそうに食べていた。

「やはり食に関してはあちらの方が進んでいますね。この世界でももう少しがんばってほしいものです」

「料理は師匠が作ったものしか食べたことないから分からない」

「ああ……」

『配信もいつも森だしな』

『ぶっちゃけ魔法とか魔獣が出ないと異世界って感じがしない』

『異世界の街並みを見たい』

師匠からどんな街があるのか聞いたことあるけど、私も伝聞でしか知らない。人が住んでる街に行ったのは今回の日本が初めてで……、いや待って。

「あれ？　私、真美の家にしか行ってない……？」

『気付いてしまわれましたか』

『あの子のカレーで満足しちゃったからなｗ』

『まあどっちみち、心桜島はまだこれからの島だからな。どうせならもっと都会に行ってほしい』

『東京とかな！』

『東京はいきなり難易度高すぎだろｗ』

東京。確か、日本の首都だっけ。次はそっちにも行ってみようかな。

「あの、リタ」

「ん？」

「そちらも……頂いても……？」

気付けば精霊様はカレーパンを食べ終わっていた。私はまだだけど……まあ開封ぐらいいっか。

みたらし団子のパックを開封して精霊様に差し出す。精霊様は嬉しそうに食べ始めた。

なんだかんだと精霊様も日本のお菓子とか大好きだよね。間違いなく師匠の影響だと思うけど。

私は先におにぎりを食べよう。のり、というものを巻いたおにぎりだ。

「んー……。塩がよくきいてる。中に入ってるの、お魚かな？　美味しい」

『見せて見せて』

『何入れたんだろ』

『ちょっと!?　恥ずかしいんだけど！』

『本人降臨』

「あ、真美。どれも美味しい。ありがとう」

『あ、うん。喜んでもらえたなら良かった。ちなみにおにぎりは鮭《さけ》です』

『ありきたりすぎて面白みがない』

『つまんね』

『お前らｗｗｗ』

鮭は一般的なんだね。こっちにもお米はあるけど、やっぱり師匠が個人的に育てたものしかない。お米を気に入った精霊様がこっそり継続して育ててくれてるけど……。

「このおにぎりのお米と比べたら、私のお米は正直ちょっと微妙ですね……」

「ん。まあ、仕方ない」

あっちは長年かけて、品種改良、だっけ、続けてきた結果だからね。師匠もお米に関しては一朝一夕でできるわけがないって諦めてたぐらいだし。

「んー……」

「リタ、どうかしましたか？」

「ちょっと、師匠をよく思い出しちゃうなって」

「…………」

『リタちゃん……』

『音信不通になってそれっきりだもんなあ……』

『あのバカ、マジでどこで何やってんだよ』

あ、なんかしんみりした雰囲気になってる。精霊様も心なしか悲しそうだし。正直、私はそこまで気にしてない。あの師匠のことだから、そのうちひょっこり顔を出すでしょ。

「どうせ師匠のことだから、美味しいものを見つけて再現しようとがんばってるだけだと思う」

『あり得るｗｗｗ』

『食べ物と料理に対する執着が半端ないからなあいつｗ』

『戻ってくるのが楽しみだね』

うん。きっといい土産話を聞けるはず。

そう私が言ってる間も精霊様はなんとも言えない表情をしていたけど、私は気付いていないことにした。だって、聞きたくなかったから。

第二話

私が地球に初めて行ってから一週間。あれから一日一回、地球に、というより真美の家にお邪魔してる。目的は美味しいご飯、というわけじゃなくて、いやそれもあるけど。

「んー……。感じる？」

「ちょっとあったかい？」

「いい感じ」

ちいちゃんの両手を握って、魔力を感じてもらう特訓だ。

お母さんには真美が話したみたいで、一応許可はもらえたらしい。一応というのは、半信半疑というか、そういう遊びなんだろうと思われてるらしいから。

真美が言うには、いきなり魔法なんて言われてもそういう反応になるんだって。

それでも、許可は許可だ。だからあれから、ちいちゃんに少しずつ教えていってる。

教えてるといっても、魔力を感じる訓練しかしてないけれど。

魔法を使うためには、魔力を扱う技術が必須だ。そして扱うためには、魔力がどんなものか感じ取れるようにならないといけない。

つまり、ちいちゃんがやってることは、魔法を使う上での最初の訓練ってこと。

そしてこの訓練は、最初にして最大の難関とも言われてる。精霊様が言うには、私たちの世界の人でも十人に一人しか魔力を感じることができないそうだ。

『でも十人に一人ってわりと多いって感じる』

『いやいや。感じることができるのが十人に一人、てだけだろ。実際に魔法を使うってなったらさらに少なくなるんじゃないか？』

『なるほど理解』

まあ、そういうことらしい。生活に便利な魔法を使えるのはその中からさらに二人に一人ぐらいで、実戦的な魔法となるとさらに十人に一人とか。

だから、一週間も魔力を感じる訓練をしてるけど、ちいちゃんが特別遅いとか才能がないってわけじゃない。人によっては一年以上かかる人もいるらしいから。

ちなみにこの訓練に興味があるのか、希望が多かったから配信で流してはいるけど、この世界の人だけでこの訓練はできないと思う。魔力を扱える人が他にいるなら別だけど。

「ところでリタちゃん」

「ん？」

「今日はお出かけするって言ってなかった？」

そう。いつも真美の家にばかり入り浸っているから、そろそろ別の場所も見に行こうと思ってる。真美は気にしなくていいって笑ってくれるんだけど、いつもお世話になって迷惑をかけて、というのもさすがにだめかなって。

「ん。ちょっと、しゅと？　東京だっけ。見てくる」

「え」

『とうきょう？　東京!?』

『まじで⁉　いきなりすぎん⁉』

『東京なら案内できるぞ！』

そんなコメントが黒い板を流れていく。真美はそれを一瞥して、そして私の両肩に手を置いた。

「リタちゃん。絶対に、男の人にはついて行っちゃだめ」

「ん……？　えっと……。なんで？」

「女の子一人に声をかける男なんてろくな奴がいないよ！」

『辛辣ぅ！』

『偏見でござる！　偏見でござる！』

『でもそのアドバイスは正しいと思う』

どっちだよ、と言いたくなった私は悪くないと思う。

ふむ。男の人はだめ、と。

「なら女の人なら大丈夫？」

「そっちもだめ！」

「ええ……」

『これは草』

『そりゃリタちゃんも困惑するわｗ』

『結論、誰かについて行くなってことですね』

『でもわりと間違ってないかも。変な人も増えてるし』

なに？　東京って魔境か何かなの？　すごく危なそうな場所に聞こえてくるんだけど。

でも、相手は所詮人間だ。そこまで警戒が必要とも思えない。

「私は自分の身は自分で守れるから大丈夫」

「それは……そうかもだけど……」

「ん。でも、心配してくれてありがとう。嬉しい」

「リタちゃん……！」

『これはてえてえ？』

『わからん』

『なんだかんだと仲良くなったよなこの二人』

真美は、性格が近いってわけでもないけど、なんとなく話していて楽しい。とても気楽にお話しできるから。真美がどう思っているか分からないけど、私は友達だと思ってる。

「ちいちゃん。今日はここまでにするから、訓練は続けておいてね」

「はーい」

両手を見つめて、うむむと唸《うな》るちいちゃん。その姿はとっても可愛《かわい》らしくて、思わず頬が緩む。

師匠も、こんな気持ちだったのかな？

「それじゃあ、そろそろ行く」

「うん。気をつけてね」

ん、と頷いて、コメントの板を消す。配信は……まあ続けてても大丈夫かな。

真美とちいちゃんに手を振って、私は予《あらかじ》め決めていた場所に転移した。

三日前、だったかな？　それぐらいに、配信で次の行き先の募集をした。募集というか、オススメを聞いただけだけど。

その中の一つにあったのが、首都東京にあるビル。いや、東京にビルなんてたくさんあるらしいけど。真美にそれとなく聞いて調べてもらったから、正確な場所は把握済み。

それで、今日は何かのイベントがあるんだって。コスプレイベントとかいうの。ゲームのコスプレをする人もいるから、この服装でもあまり目立たないはず、とのこと。

私はあまりこのローブを脱ぎたくない。というのも、このローブにはいろんな魔法をかけてある。このローブがあるから無防備に地球に行けると言っても過言じゃない。

早い話が、防御系の魔法だね。いわゆる現代兵器とやらの干渉ならだいたい弾《はじ》ける、はず。多分。だからローブを着てても目立たないのなら、それが一番だ。

というわけで、私は今、そのイベントの会場にいる。ビルの前の広場で、日本だとあまり見ない服装の人たちに紛れてる。紛れてる、と思う。

転移した場所は、広場の隅にある木の陰。広場の周囲は木が植えられていて、木の陰ならあまり目立たない。転移してきた時も、誰かに見咎《とが》められるかもと思ったけど、幸い誰にも気付かれなかった。

その後はこの会場の人たちに紛れたんだけど……。なんというか、うん。失敗したかもしれない。まず一つ。会場から出られない。会場の出入り口は分かるんだけど、出ようとしたら呼び止められた。更衣室で着替えてから出てください、だって。なにそれ聞いてない。

次に。恥ずかしい。

なんで私と同じ服装の人がいるのかなあ!?

視界に入っているだけでも、二人。会場全体ならもっといるかも。

「あれって、もしかして、私のコスプレ……？　他の、お話のキャラクターとか……」

『違うぞ』

『正真正銘、リタちゃんのコスプレだぞ』

『真っ黒ローブに三角帽子なんてわりとありがちだけど、杖はちゃうやろ？』

「うぐう……」

そうなんだよね。服装だけならわりとありがちらしいけど、杖もとなると偶然の一致とはさすがに言えないかなって。身の丈ほどの長さで先端に青い魔石が埋め込まれた杖。さらにはどの人も私と同じ長い銀髪。うん。私だ。

「なんで私なの？　もっと他にないの？」

『そりゃ、なにかと最近話題だしなあ』

『ニュース系のサイトにも取り上げられてたぞ』

『見出しなんだっけ。異星人来訪、とかだったような』

『事実確認を行いますってどこかの偉い人が言ってた』

「よく分からないけど、事実確認って何するの？　真美とちいちゃんに何かするつもりなら、さすがに怒るよ」

『ヒェッ……』

『どうどう、落ち着いてリタちゃん。さすがに誰もリタちゃんに喧嘩売ろうなんて思ってないから』

それなら、いいけど。真美もちぃちゃんも、こっちの世界での唯一の、大切な友達だ。何かするつもりなら容赦《ようしゃ》しない。

「あれ、でもこれって、私が原因だよね……？　そもそもとして来るべきじゃなかった……？　せめて真美の家に行くのはやめるべき？」

『絶対やだ！　来てよ！　せっかく友達になれたのに絶対に嫌だからね！』

『推定まみさんのコメントが爆速すぎて草なんだ』

『リタちゃん、変なこと考える前に、ちゃんと真美ちゃんに聞いた方がいいよ』

それもそうか。ここまで関わったのに、何も言わずにお別れするのも不誠実だと思うし。それに、私が嫌だし。うん。次に会った時に、迷惑じゃないか聞こうかな。

それはそれとして。これからどうしよう。出ようと思えば転移で出られるけど、そこまでして出たいかと聞かれるとなんとも言えない。こうしていろんな服の人を見てるのも楽しいし。

『リタちゃんの世界にはあんな感じの剣士とか魔法使いとかいるの？』

『リタちゃんがこてこての魔法使いな服装だからやっぱりいるんかな？』

「さあ……？　私は森から出たことないから……」

『あっ（察し）』

『そう言えばそうだった』

森を訪れる人も少ないからね。いたとしても、私がいる最深部まで来る人は少ないし。だいたいは森に入ってすぐのところで何か集めて帰ってるみたい。

でも、言われてみるとちょっと気になる。私も、自分の世界を見て回ろうかな。一人旅は寂しいけど、配信しながらなら楽しいかも。

「配信しながら私の世界を旅してみる、なんてどう？　興味ある？」

『ありますねえ！』

『すごく見たい。とても見たい』

『でも無理はせんでいいぞ』

興味ある人が多いみたいだから、ちょっと考えてみようかな。

そんな話をしながらぼんやりと眺めていると、私に近づいてくる人がいた。ちょっと背の高い女の人で、服装は、その……。私と同じ。

つまり、私のコスプレ。ちょっぴり照れる。

「こんにちは！　写真、いいですか？」

「ん……。えっと……」

あれ、これもしかして、気付かれてない？

『そりゃ普通はこんなコスプレイベントにいるなんて思わんだろうからな』

『そういえば、視聴してる参加者はいないの？』

『確かに。一人ぐらいいてもよさそうだけど』

それはまあ、弾いていますので。この近辺にいる人からのものは、だけど。あっちの世界でなら難しいけど、実際にこの場にいれば、見える範囲で視聴を弾くことぐらいは一応できる。

精霊様の魔法とはいえ、すごく研究したからね。無理矢理弾くことぐらいはできるのだ。

それはともかく、そう。写真。写真だ。

もちろん写真についてもちゃんと知ってる。撮られることに抵抗もないけど、どうしようかな。

「あ、もしかして写真NGですか？　それでしたら無理強いは……」

「ん。いえ。大丈夫、です」

「そうですか！」

写真ぐらいいいか。減るものじゃないし。

その場に立って、えっと……。どうしたらいいんだろう？

「やっぱり！　リタちゃんのコスプレですよね！」

「え」

「リタちゃんかわいいですもんね！　小柄で銀髪で、クールだけどわりと好奇心旺盛！　とってもかわいい！」

「あ、はい、そう、ですか……」

『照れてる』

『めっちゃ照れてる』

『照れ照れリタちゃんかわいい』

うるさい。

「それにしても、完成度高いですね！　すごく力が入ってる！」

「ど、どうも……」

完成度も何も、本人だからね……！

お姉さんがポーズの指示を出してくれたので、とりあえずそれに従っておく。するとどんどんと写真が撮られていく。なんだろう。恥ずかしいけど、これはこれで楽しいかも。

そうして被写体になっていたら、さらに人が集まってきた。自分もいいですか、自分も、なんて。

勝手にやってくれていいのに。とても律儀《りちぎ》だ。

でも、その、えっと……。多すぎない……？

「助けて」

配信にだけ聞こえるように言ってみたら、すぐに返答があった。

『無理』

『あきらめろん』

『ふっるｗｗｗ』

『うるせぇｗ』

うん。だめだこれ。

「あ、そうだ。あの、ツーショットとか、いいですか……？」

最初の人がそう聞いてきた。もうどうにでもなれ。好きにしてほしい。

私が頷くと、近くの人にカメラを預けて駆け寄ってきた。二人でポーズをして、また写真を撮られる。

本当にたくさん撮るよね。人の写真を撮って、そんなに楽しいの？

『人によるとしか』

『そもそもとしてコスプレに興味がない人もいるし』

『好きな人はとことん好き』

「ふーん……。よく分からない……」

「え？　何か言った？」

「なんでもない、です」

でも、うん。これもある意味、貴重な体験かも。普段なら絶対にないこと……。

あ、いや、そうでもないかも。確か視聴者さん、配信中の画面を保存とかできるんだよね。むしろ配信そのものを録画、だっけ？　そんなのもできるんだよね。

あれ？　そう思ったら、この写真とか、かなり人が少ない方なんじゃ……。

『リタちゃんの表情がなんか変なことになってる』

『多分気付いちゃいけないことに気付いたんだと思う』

『例えば？』

『写真で慌ててたけど普段はもっと多くの人に見られてるじゃん、とか』

『あり得そうｗｗｗ』

その通りだから言わなくていいよ。

思わず口を開こうとしたところで、なんだか少し騒がしくなってることに気が付いた。隣の人もちょっと慌ててる。

「やばい！　雨だ雨だ！」

「十パーセントって言ってたのに！」

「ばっかお前、十パーセントの確率で降るってことは、十パーセントの確率で雨が降るってことだよ！」

「意味不明な構文をリアルで言わなくていいんだよ！」

ふむ。雨。確かに、ちょっとぱらぱらしてきてる。通り雨かは分からないけど、本格的に降ったりもするのかな。

「コスプレって雨だと大変なの？」

『事前に知ってたら雨の用意してくるかな』

『雨の中での撮影もなかなかいいもの』

『なお嫌いな人は嫌いだよ。雨対策してなかったら機材が壊れかねないし、ウィッグとかもだめになっちゃうかもだし』

『今回みたいに唐突に降られるのはマジで害悪』

準備次第ってことかな。周囲を見てみると、予め準備してる人もいたみたいだけど、してない人の方が多いと思う。慌ててる人の方が多いから。

「屋内に避難しよっか！　ほら！」

「ん。大丈夫。ちょっと待ってて」

「待ってて、どうするの？」

この人も早く避難したいんだろうけど、私のことを気に掛けてくれてる。優しい人だ。

まあ、ちょっと恥ずかしかったけど、楽しかった。だからちょっとだけ、お手伝い。

手に持った杖で地面を叩く。こつこつこつ、と三回。無理矢理晴れにするのは良くないって精霊様にも言われてるから、ちょっとした雨よけだ。

魔法陣を思い浮かべ、起動。杖の先が淡く光って、次の瞬間にはうっすら光る光の壁が頭上に現れた。壁というか、屋根？

「なに、これ」

「え？　え？　なにあれ？」

うんうん。みんな驚いてる。ぽかんとしてる。ちょっぴり楽しいかも。

「くせになりそう」

『リタちゃんが変態さんになっちゃう……！』

『でもなんとなく気持ちは分かるw』

『こうして見てるだけでもちょっとした優越感』

悪いことはしてないし、いいよね？

でも雨の撮影をしたいって人もいるだろうから、魔法の時間は短めにしておいた。一応、伝えておいた方がいいよね。

もう一度、杖で地面を叩く。ちょっと強めに叩くと、みんな静かになってるからか思った以上に音が響いた。みんなの視線が私に集中する。

なんだろう。ちょっと恥ずかしいかもしれない。配信だと、もっとたくさんの人が見てるはずなんだけど。

ちょっと恥ずかしいから、さっさと伝えて退散しよう。

「この魔法、三十分ぐらいで消えるから」

「え？」

「魔法？　え、じゃあ、もしかして、本物……？」

「ん。ただ少し前後すると思うから、それまでに雨の用意か帰るか、してね」

呆然《ぼうぜん》としながら頷いてくれる。とりあえず、伝えることは伝えたからもう大丈夫のはず。問い詰められたりするのは嫌だから、移動しないとね。

「ぎょうざ、だっけ。食べてみたい。この辺に詳しい人、教えて」

『しらね』

『俺地元。美味しい店知ってるよ。案内する』

『有能』

「ん。よろしく」

それじゃ、とりあえず姿を消して……、いやその前に。

「お姉さん」

「え、あ、あたし!?」

「楽しかった。ありがとう」

「ど、どういたしまして……？」

撮影会なんていきなりでびっくりしたけど、楽しかったのは間違いないから。ちゃんとお礼は言わないといけないと思った。

それじゃ、改めて。姿を消す魔法を使う。誰の視界にも写らなくなる魔法。仕組みはよく分からない。これも師匠の魔法だから。

私が急に消えたからか、みんなが騒然としてる。少しだけ罪悪感と、あとちょっとした優越感を覚えながら、私はその場を後にした。

会場から出て少ししたところで姿を消す魔法を解除したんだけど……。いや、すごいね。周囲がすごい。話には聞いてたし分かってたつもりだったけど、実際に見ると予想以上だ。

右を見ても左を見ても摩天楼《まてんろう》。私が住んでる森の木もかなり大きくて高いと思ってたんだけど、比べることすらおこがましいとはまさにこのことだ。

「すごい。高い。すごい」

『リタちゃんの語彙《ごい》力がｗｗｗ』

『ただのお上りさんになってるｗ』

『まあ初めて来ると圧倒されるよな。わかるわかる』

こんなに高い建物にたくさんの人が住んでるっていうのが信じられない。ただ、ちょっと窮屈そうだなとも思う。

「日本ってそんなに狭い国なの？　人数が増えたとか？」

『どういうこと？』

『あー……。リタちゃん。ここのビルのほとんどは仕事のための建物なんだ。家は別にある人の方がほとんどだよ』

「あ、そうなんだ」

それもそうか。変な誤解をしてしまった。反省しよう。

あとは、車、だっけ。これもすごい。すごい速さで行き交ってる。でも、ちゃんと決まった場所を走ってるから、危険はあまりない、のかな？　でもぶつかったら危なそうだね。

「あれだけの速さがあるなら、エネルギーもかなりのもののはず。あれで体当たりしたら、魔獣にも通用するかも」

『リタちゃんｗｗｗ』

『いちいち発想が物騒すぎるんだがｗ』

『車は移動手段であって攻撃手段じゃないからね？』

分かってるよ。ちょっと考えてみただけ。

他にも気になるものはいくつかあるけど、ご飯が食べたい。それに、さっきの場所ほどではないけど、ちらちらと視線を感じるし。それも、なんとなくちょっぴり居心地の悪い視線だ。

敵視とかそんなんじゃないけど、なんだろう。不信感とか、そんな感じ。警戒されてる気がする。でも、仕方ないことというのは分かる。他の人を見てみたら、私の服ってかなり場違いだから。

真っ黒ローブに三角帽子なんて私ぐらいだ。

だから、早めに移動しよう。

「案内よろしく」

『あいよー』

そうして視聴者さんの指示に従ってしばらく歩いて。大きな道から逸《そ》れて細い道に入って。たどり着いたのは、少し古いビル。一階が目当ての飲食店、らしい。

『ここ知ってる。確かに美味しいけど、ここって夜だけでは？』

『そうなん？』

『十七時から二十三時までの営業のはず』

え。待ってそれ聞いてないんだけど。十七時ってまだかなり先のはずなんだけど。

私は時計を持ってない。だから今の時間を自分で調べることができない。聞けばいいだけだけど。

「今は何時？」

『十四時』

『まだまだやんけ』

『案内人、無能か？』

『反応なし。逃げたか』

むう。困った。間違いは誰にでもあると思うから怒るつもりはないけど、さすがに暇すぎる。でも美味しいのは間違いないみたいなんだよね。どうしようかな。

お店の前で困っていたら、お店に明かりがついた。そのまま中から扉が開かれて、出てきたのは男の人。三十歳ぐらい、かな？

「や。待ってたよ」

「え」

「俺、案内人。で、ここの経営者」

「え」

『ちょwww　それありかw』

『自分の店に案内したんかいw』

『ちくしょう、その手があったか！』

さすがにちょっと予想外だけど、案内してくれたってことは作ってくれるってことかな？

「まだ時間じゃないみたいだけど、作ってくれるの？」

「もちろん。というより、そうでないと案内しないよ」

それに、と男の人が続ける。

「他の人がいる中で食べるのは、目立つだろ？」

「あー……」

なるほど確かに。視線から逃れたくても逃れられない状況になるところだった。

『これは有能』

『やるやんけ案内ニキ』

『案内ニキってなんだよｗ』

男の人、案内人さんに促されてお店の中に入った。

比較対象がないから分からないけど、多分小さなお店だと思う。カウンターと、テーブルが四つ。

案内人さんが一人で経営してるらしい。

「好きなところに座ってくれたらいいよ」

「ん……。じゃあ、ここ」

「うん。とりあえず水だけ持ってくるけど、餃子《ぎょうざ》以外に食べたいものはある？」

「美味しいもの」

「うん。うん。よし！　分かった！」

案内人さんは少し困ったような笑顔だったけど、問題ないみたいで頷いてくれた。すぐにコップに入った水を持ってきてくれて、カウンターの方へと行ってしまった。

ちなみに私が座ったのは窓際のテーブル席。近かったから。

『注文が抽象的すぎて草でした』

『まあ第一希望の餃子は作れるみたいだし、問題ないやろ』

『ところでここって美味《うま》いんか？』

『美味いぞ。隠れた名店ってやつ』

『奥まった場所にあるのに夜になると満席になるのがいい証拠』

知ってる人からの評価は高いらしい。それなら期待できるかな。

椅子《いす》に座って、のんびりと待つ。もう知ってる人しかいないし、コメントの黒い板も戻しておこう。

じゅうじゅうと何かを焼く音、かな？　聞こえてくる。すごくいい匂《にお》いがしてる。お腹《なか》が減ってくる匂いだ。

足をぷらぷらさせながら、コップの水を少しずつ飲んで暇つぶし。漂ってくる香りがすごく気になる。まだかな。まだかな。

『すっごくそわそわしてる』

『そわそわリタちゃん』

『かわいい』

「怒るよ」

『なんで!?』

ちょっぴりバカにされた気がしたので。

そうして待っていると、案内人さんが戻ってきた。大きなお皿を持ってる。

「とりあえず餃子、十個。ご飯もいるかな？」

「ほしい」

「はは。どうぞどうぞ」

テーブルにお皿に盛られた餃子と白ご飯。餃子には茶色い焦げ目がついてる。お箸で持ってみると、焦げ目はカリッとしていてちょっとかため。でも他はやわらかい。これが餃子。

「いただきます」

早速食べてみる。真ん中辺りでかじると、見た目通りかりっとした食感だった。それだけじゃなくて、焦げ目のない部分はもちっとした食感だ。

食感だけでも楽しいけど、味もいい。たっぷりと閉じ込められた肉汁が溢《あふ》れてくる。お肉の味だけじゃなくて、お野菜の味も感じられる。ほどよいバランスだ。

うん。美味しい。

「んふー……」

『すごく美味しそうに食べるなあ……』

『やべえ、餃子食いたくなってきた』

『ちょっと出前頼もうかな……』

おかずとしても優秀。ご飯が進む。何杯でも食べられそう。

「こういうのもあるよ」

案内人さんの声に振り返ると、なんだか赤いスープみたいなのを持っていた。テーブルに置いてくれたそれからは、少し独特な香りがする。匂いで分かる。これ、辛いやつだ。

「辛いのは大丈夫？」

「ん。平気」

一緒に出してくれたスプーンで食べてみる。たくさん入ってる白っぽいものは豆腐かな？　口に入れてみると、予想以上に辛い。カレーよりも辛い。でもなんだろう、くせになりそうな辛さだ。

これもご飯にとても合う。美味しい。

「えへー……」

『ああもう俺はなんの出前を取ればいいんだよ！』

『全部取ればいいのでは？』

『おっさんに餃子と麻婆豆腐《マーボーどうふ》はきついっす』

あ、これ、そういう名前の料理なんだね。えっと……。

「まばあとうふ？」

「まば……っ、んふ……っ」

あ、なんか案内人さんに笑われた。違うらしい。

『まばあとうふｗｗｗ』

『いやまあ、読み方知らずに漢字だけ見てもわからんわなｗ』

『リタちゃん、まーぼーどうふ、だ』

「ほうほう。まーぼーどーふ」

『なんか発音が微妙に違う気がするけど、まあ大丈夫！』

面白い名前だね。もちろん、読みも。美味しければ私は文句なんてないけど。

その後も案内人さんは中華料理というのをいろいろ出してくれた。私のお気に入りは餃子と麻婆豆腐、あと春巻き。春巻きは皮がぱりぱりしていて、とっても楽しかった。

「美味しかった……。ごちそうさまでした」

「うん。美味しそうに食べてくれて、俺も作りがいがあったよ。お粗末様《そまつさま》でした」

お皿を片付け始める案内人さんを眺めながら、水を飲む。食後のこののんびりとした時間、いいよね。幸せだ。

そうしてまったりと過ごしていたら、お店のドアが開かれた。

「お邪魔します。リタちゃん、やっぱりここだった」

「ん？　えっと……」

「あれ？　分からない？　リタちゃんのコスプレしてた人よ」

「あ」

言われてみれば、確かにあの人だ。服装が違うだけでこんなに変わるものなんだね。印象が全然違う。すごい、変身みたいだ。

でも、どうしてここにいるのかな。

「ああ、姉貴。遅かったな」

「いや、これでも急いで来た方だから」

なるほど、家族か。

『まじかよ、案内人とコスプレの人、姉弟かよ！』

『世間は狭いなあ（白目）』

『リタちゃんの配信を見てるからこそリタちゃんのコスプレをしていて、弟も視聴者。あり得なくもない、か……？』

こういうこともあるよね、と思っておこう。考えても仕方ない。

「ん。お姉さん。あの後、大丈夫だった？」

すでに魔法は解除されてると思うけど、ちゃんとみんな雨対策はできたのかな。

そう思って聞いたんだけど、お姉さんはなんとも言えない表情になった。

「うん。あのね、リタちゃん。すごく大騒ぎになったよ」

「ん？」

『ですよねー』

『いきなりマジの魔法使ったら騒ぎにもなる』

『しかも一部の人しか分からないようなものじゃなくて、誰からの目にも見える魔法だったしな』

そういうものらしい。良かれと思ってやったんだけど、だめだったかな。

「いやいや、すごく助かったから！　大騒ぎだったけど、みんなリタちゃんに感謝してたよ！」

「そう？　それなら、嬉しい」

「おっふ……。淡い笑顔、とてもかわいい……」

「信じられるか？　これ、俺の姉貴なんだぜ……」

『ご愁傷様としか言えねえｗｗｗ』

『姉貴殿の気持ちも分かるけどな』

『普段表情があまり出ないクールなリタちゃんだからこそ、たまに見せてくれる笑顔がすごくかわいいのです。天使なのです。ありがたがれ』

『長文で変なお気持ち表明すんなw』

『さーせんwww』

うん。よく分からないけど、みんな楽しそうだからそれで良し。

それじゃ、食べるものも食べたし、私もそろそろ帰ろうかな。

「その前に、お金だけど……」

「お金はいいよ。多分、宣伝効果がかなりあるだろうから」

「そう？」

「間違いなく」

『あるだろうなあ』

『東京在住のワイ、すでに今から行く準備始めてる』

『今から行ってもリタちゃんに会えるわけじゃねえぞ？』

『あんなに美味しそうに食べられたら行くしかないだろうが！』

宣伝効果、というものが私にはあんまり分からないものだけど、案内人さんがそれで満足してくれるなら、私としても文句はないし嬉しいところ。

日本のお金、あまり多く持ってるわけじゃないからね。節約できるならしておきたい。

「ん。それじゃ、そろそろ帰るね」

「あ、待ってリタちゃん！　あと十分だけ！」

「ん？」

なんだろう。何かお話あるのかな。急いで帰らないといけないわけでもないから、別に待っていてもいいんだけど。

でもこのお店の営業開始までには帰りたいところだ。面倒なことになるかもしれないし。

私が椅子に座り直すと、お姉さんは逆に勢いよく立ち上がった。案内人さんへと叫ぶ。

「パソコン！」

「はいはい。二階で起動済み」

「ありがと！」

そしてお姉さんが走って奥の部屋へと入っていく。私はここで待っておけばいいのかな？　いいんだよね。のんびりと待とう。

『あいつ何しに行ったんだ？』

『ヒント、コスプレ直後』

『あー……。プリントアウトか』

ぷりんとあうとが分からない。いや、覚えたいってわけでもないけどね。

「じゃあ、姉貴が用意してる間に、これ。俺からの土産な」

「ん？」

案内人さんに渡してもらったのは、ビニール袋。ビニール袋にはどこかの店名が書かれてる。

えっと……。そうそう。このお店の看板がこれだったはず。

「お持ち帰り用のセットな。餃子が十二個と春巻き二個。精霊様と食べてほしい」

「おー……。ありがとう」

これはわりと嬉しいお土産だ。精霊様と一緒に食べたいとも思ってたし、帰ったら早速食べてみよう。

ほんのり漂ってくる良い香りを嗅《か》ぎながら、お姉さんを待つ。餃子の香りってすごくいいよね。食欲がわく香りだ。すごく食べたくなるけど、我慢我慢。精霊様と一緒に食べるんだから。

でもこのまま香りを嗅いでいると食欲が勝っちゃいそうだから、アイテムボックスに入れておこう。劣化もしなくなるから、精霊様もできたての味を楽しめるはず。

少ししてお姉さんが戻ってきた。お姉さんの手には封筒がある。

「リタちゃん。これ、せっかくだから持っていってね」

渡された封筒から中身を取り出してみると、写真だった。

私とお姉さんの写真。あの会場で撮ってもらったツーショットだ。

『ほほう。これはよく撮れてる』

『光の加減もいい感じ』

『同じ服着て姉妹みたいでかわいい』

同じ服、だね。私のコスプレをしていたらしいから、当然と言えば当然かな。でも、なんだろう。すごく嬉しい。

「ありがとう。大事にする」

私がお姉さんにそう言うと、お姉さんも嬉しそうに笑ってくれた。

「というわけで精霊様。写真撮ってもらった」

「何がというわけなのかは分かりませんが、拝見しましょう」

森に帰ってきた私は、早速精霊様に写真を見せてあげた。

ちなみに写真にはすでに保護魔法をかけてある。私が死なない限り、あの写真は今の状態のまま維持されるはずだ。

「リタと同じ服を着ているのですね」

「ん。なんか、私はあっちではわりと有名らしい」

「でしょうね」

「え」

『でしょうねwww』

『精霊様はわりとこっちの事情も分かってそうだからな』

『リタちゃんだけが理解できてなかったってことだな！』

そう言われると面白くない。じっとりと光球を睨《にら》み付けたら、ごめん、という言葉が流れていった。私の知識が足りてなかっただけだから、別にいいんだけどね。

「あとこれ、餃子。食べよう」

「ぎょうざ、ですか？　いただきます」

アイテムボックスから袋を取り出して、中のものを並べる。大きなパックと小さなパックが入っていて、それぞれ餃子と春巻きが入ってた。どれも焼きたてみたいにあったかい。精霊様も興味があるのか、少しそわそわしてるみたい。

パックを開けると、あの良い香りが鼻をくすぐってきて、とてもお腹が減ってきた。

「これが餃子というものですか」

「ん。あと、春巻き。美味しいよ。半分こしよう？」

「ふふ。はい。そうしましょう」

精霊様は餃子をつまむと、ぱくりと一口で食べてしまった。ぱりぱりと軽い音が聞こえてくる。

その音だけでも美味しそう。

『やばいめちゃくちゃ緊張してきた……』

『お前さては案内人だな？』

『リタちゃんが美味しいって言ってたぐらいだから大丈夫だよ自信持て』

お店の人だよね。みんなも言ってるけど、大丈夫だよ。

精霊様は頷いて、そして言った。

「ご飯が欲しいですね……」

「あ」

『あ』

『わたしわすれてたあああ！』

『これは草』

ご飯のこと、忘れてた……。次はちゃんともらっておこう。

「ですが、はい。これはとても美味しいです。この春巻きも、素晴らしい……」

『どうしようめっちゃ嬉しい』

『よかったな案内人』

『自分の店を紹介するっていう抜け駆けは許せないけどな！』

ご飯は美味しかったし、それぐらいはいいと思うけどね。

精霊様と一緒に食べる料理もやっぱり美味しかった。でも、次はちゃんとご飯を用意しよう。

第三話

東京に行った日の翌日。いつものようにお昼前から配信を始めて、すぐに首を傾げてしまった。

「なにこれ」

挨拶してくれてるんだけど、明らかに日本語じゃないものがたくさんある。英語とか。他もたくさんあるけど、よく分からない。師匠から教わったのはほとんど日本語だけだから。

コメントの数もすごく多い。なんかもう、すごい。黒い板が文字で埋まってて、ちょっと読みにくい。読めないほどではないけど。

『リタちゃんこんちゃー』

『予想以上にすごいことになってんなあw』

『視聴者数もえぐい数になってるw』

視聴者数。そういえば見れるんだっけ。興味ないから気にしたことなかった。えっと……。

「なにこれ。五万人……？　それも、まだ増えてる……？」

すごい勢いで人が増えていってる。なにこれ怖い。五万人がすごく多い数だっていうのは、さすがに私でも分かるよ。

「今日はどうしてこんなに人が多いの？　お休みか何か？」

『違うぞ』

『リタちゃんの配信はそれなりに有名だけど、それでも異世界とか異星とか本当に信じてる人なんて少なかったんだよ』

『魔法とかCG辺りと思ってた人も多かったみたい』

『それが昨日の配信で覆ったってことだよ』

「昨日？　昨日って何が……、あー……」

うん、さすがに分かった。コスプレの会場で使った雨よけのことだね。会場の人にしか見えない、なんてことはなかったはず。普通に外からでも見えてしまった、と。

『目撃した人はかなり多いし、いろんな角度からの写真もあるしで、今こっちはすごく楽しいことになってるよ』

『今この配信は世界の注目の的ってやつだ』

「なる、ほど……？」

きっかけは分かったけど、注目の的っていうのはちょっと分からないかも。規模が大きすぎて、イメージできない。

でも、興味を持ってもらえたなら、嬉しい……ような気がする。

「それはそれとして、コメントの方もどうにかしないとね。せめて英語ぐらいは読まないと」

『え？　リタちゃん英語できんの？』

『師匠さん日本語だけっぽかったけど。大丈夫？』

馬鹿《ばか》にしないでほしい。英語も、少しだけ教わってる。読むことぐらいはできるよ。

流れてる文字のうち、アルファベットのものを確認する。えっと……。

「なにこれ。めちゃくちゃになってる。こんなの読めない」

『ん？』

『え、どゆこと？』

『詳しくないけど、ちゃんと英語に見えるけど……』

「いや、だって、母音と子音の組み合わせをするだけだよね？」

あれ？　分かってもらえない。意味が分からない、みたいな言葉ばかり流れてる。意味が分からないと言われても、そのままの意味なんだけど……。

どうやって説明しようかと悩んでいたら、そのコメントが流れてきた。

『いや待て。分かったかもしれない。リタちゃん、それ英語やなくて、ローマ字読みや』

「え」

『あー！　なるほど分かった！』

『確かに英語をローマ字読みしようとしても意味不明に決まってるわ』

『リタちゃん、ローマ字読みと英語って全然違うんだよ』

ざっくりと説明してもらったけど、本当に全然違うものだった。たくさん言語があるって大変そうだね。本当に。

「つまり日本語以外は私にとって邪魔にしかならないってことだね」

『ちょｗｗｗ』

『辛辣ぅｗ』

『でも間違いじゃないｗ』

私が読めない文字を流していても意味がない。書き込んでくれてる人には悪いけど、排除させてもらおう。

魔法陣のそれっぽいところを抽出して、少し書き加えて、反映させる。すると黒い板には日本語しか表示されなくなった。

「これで良し」

『まじかよこんなことできたのか』

『いや、配信ページのシステムだと無理だったはず。魔法由来のものじゃない？』

『魔法すげぇｗｗｗ』

精霊様の魔法とはいっても、少しぐらいなら私でもいじれるからね。あくまで少し、だけど。ともかく、これで目障りな理解できない文字は排除できた。後はいつも通りでいいかな？

『いや、いいの？　リタちゃん』

『外国の偉い人がリタちゃんにコンタクト取ろうとしてるはずだけど』

『無視してええんか？』

外国の偉い人。それを聞くと、私はこれしか言えない。

「いや知らないよ。私に用があるなら、私が分かる言葉を使ってよ」

『草』

『そりゃそうだｗ』

『最低限そこだよなｗ』

私が分かる言葉を覚えようともしない人と話すことなんてないからね。いや、単純にめんどくさいだけだけど。私だって師匠に教わって勉強したんだから、そっちもがんばってほしい。

これ以上言語を覚えたくないよ。一から覚えるのって大変だから。

「それじゃ、改めて。今日は街に行こうと思うよ」

『まち？』

『東京は昨日行ったし、大阪《おおさか》とか札幌とか？』

『九州《きゅうしゅう》もいいぞ！』

「いや、そっちじゃなくて、こっちの。私の世界の街に行ってみようかなって」

『え』

『きたあああああ！』

『異世界の街！　わくわくしてきたぞ！』

なんだか一気にコメントが増えた。もしかしてみんな、結構気になってたのかな。

大量にコメントが流れていていちいち反応するのも面倒だ。しばらくコメントは無視しよう。

「まずは精霊様に挨拶に行く。そこでだめって言われたら、諦めないといけないし」

『守護者だもんな。勝手に出歩くのはさすがにまずいか』

『日本にはわりとひょいひょい来てるけどw』

『おかしい……日本の方がずっと遠いはずなのに……』

それを考えると、ちょっと不思議なことになってる気がする。

ずっとずっと遠い場所にある日本には頻繁《ひんぱん》に行ってるのに、近い場所にあるはずのこの世界の街にはまだ行ったことがない。

あまり興味がなかったから仕方ないかもだけど。

転移して世界樹の側に移動。精霊様を呼ぶと、すぐに出てきてくれた。

「ちょっと街に行ってきます」

「え。え……？　ええ⁉」

『精霊様がめっちゃ驚いてるw』

『いやまあ、精霊様からしたらそりゃ驚くだろうけどw』

『なにせリタちゃん……』

「どうしたのですか、リタ！　引きこもりのあなたらしくない！　亜空間にこもって出てこない日があるほどの引きこもりなのに！」

『ほんそれ』

『精霊様が言いたいことを全て言ってくれた』

『さすが精霊様やで……！』

バカにされてるような気もするけど、これに関してはあまり強く言えないのも分かってる。研究に没頭したら、異空間の中で年単位で過ごしてたぐらいだから。

でも腹が立たないわけでもないのでちょっと睨むと、精霊様は申し訳なさそうに手を合わせてきた。許してあげる。

『あざとい』

『精霊様はあざとい女』

『これがリタちゃんの保護者とか世も末やな』

「ひどくないですか⁉」

わりと正しい評価だと思うよ。

「で、精霊様。出かけても大丈夫？」

「ああ、はい。構いませんよ。何かあれば呼びますので」

「ん。よろしく」

転移魔法もあるから、戻ってくる時は一瞬だ。だから森に何かあれば、すぐに駆けつけることもできる。それができなければ出かけようとは思わなかった。一応、これでも守護者だから。

精霊様の目の前で、アイテムボックスから取り出した地図を広げる。この森が地図の中心になってる世界地図だ。なんと師匠の手作り。

師匠が見ていた時に、欲しくなったからおねだりしちゃったんだよね。一枚しかないからだめだって言われて諦めたんだけど、一週間ぐらいで新しく描いてくれた。

私のために、師匠が描いてくれた地図。私の宝物だ。

「いいでしょ」

というのを視聴者さんにも説明しておいた。

『リタちゃん、やっぱり師匠さんのこと、好きだよね』

『めっちゃ嬉しそうに語ってて見ていて微笑《ほほえ》ましかった』

『リタちゃんからすればお父さんみたいなものだもんな』

お父さん、ね。みんながそう言うなら、そうなのかもしれない。ただ私にとって、父も母も私を捨てた存在だ。あまりいいイメージはない。

それはともかく。行き先を決めよう。

行き先、といっても、この森から近い街は一つだけだけど。

精霊の森の南にある大きな街。精霊の森に異常が起きないか監視するための街、らしい。

当初はそんな目的で作られた街だったらしいけど、今となっては交易路の中心地点でとても賑《にぎ》わってると聞いた。だから、最初に行くのにちょうどいいかなって。

「それじゃ、精霊様。行ってきます」

「はい。気をつけて行ってらっしゃい、リタ」

精霊様に手を振って、私は意気揚々《ようよう》と森の入り口へと転移した。

突然景色が変わったことに視聴者さんも驚いたのかコメントがたくさん増えたけど、転移はわりとよくやるから今更のはず。新しい人が増えたみたいだし、その人たちかな。

『ところでリタちゃん、その街へはどうやって行くの？』

『やっぱり転移？』

「転移はしないよ。せっかくだから、のんびり飛んでいこうかなって」

『なるほど……、いや待って』

『さらっと空を飛んで行くとか言ってるんだけど』

『そういえば、心桜島に最初に行った時も空飛んでたな……』

空を飛ぶ魔法は慣れればわりと簡単だったりする。姿勢の制御がちょっと大変だけど、その程度だ。だから移動には便利な魔法。私も最初の方に教わったぐらいだし。

「空を飛ぶ魔法なんて基礎中の基礎、なんて師匠も言ってたし、魔法を使える人はみんな飛べるんじゃないかな」

『なにそれクッソ羨ましいんだけど』

『俺も空を自由に飛んでみたい』

姿勢の制御に慣れない間はすごく怖い思いをするけどね、この魔法。

精霊の森の外は、とても広い、静かな草原だ。精霊の森に棲《す》む魔獣を恐れてか、動物たちすら近寄らない。だからこの境目辺りはいつも平和だ。

さて。それじゃあ、街に行こう。アイテムボックスから箒《ほうき》を取り出して魔法をかけると、箒が宙に浮いた。

「これでよし」

『まって』

『ほうき!? ほうきなんで!?』

『リタちゃん、普通に飛んでなかったっけ? 箒っているの?』

それは私も思うところだけど、師匠から教わったのがこれだからね。

「師匠曰く、様式美だって」

『くっそwww』

『あのバカ、ほんとバカwww』

『いやでも、気持ちは分かる。魔女と言えば、箒に乗って空を飛ぶ、だからな』

師匠も同じようなこと言ってたね。私としてはどうでもいいんだけど、師匠のこだわりだったから、基本的には私も箒に乗るようにしてる。

箒に座って、ゆっくりと浮かぶ。精霊の森の木よりも高く。

『ほほう。ええ眺めやなあ』

『見渡す限りの緑の絨毯《じゅうたん》、てか』

『すごく過ごしやすそうな場所なのに、見える限りで村すらない』

『本当に、不可侵の聖域なんだな』

「ん。まあたまに森の入り口の薬草を採りに来る人はいるけど」

『それは言わないお約束』

森の入り口程度なら迷惑でもないから黙認してるからね。奥深くに入ることも止めはしないよ。

腕に覚えがないと死ぬだけで。

「それじゃ、行くね」

『おー』

『楽しみだなあ!』

みんなのコメントを読みながら、私は街に向かって飛び始めた。


『リタちゃん。一ついい?』

「ん。どうぞ」

『景色だけだと飽きてくっそ暇です』

「…………。わがままだね……」

視聴者さんが景色に飽きたので、スピードを上げた。精霊の森から街までは馬を丸一日走らせたぐらいの距離、らしい。一時間ほどで着いたけど、それでもみんな暇そうだった。

『スピードアップしてから景色すら分からなくなったからなｗ』

『会話しかすることなかった……』

「んー……。次から移動中の配信はやめておくね」

移動が重要とはさすがに思えないし、街の中だけ見せる、とかでもいいよね。

とりあえず、到着だ。ある程度高い場所を飛んでるんだけど、眼下に大きな街が見える。魔獣対策の大きな壁が街を取り囲んでいて、東西南北それぞれに門がある。

「どこの門を使うべきかな。最寄りでいい？」

『だめ』

『精霊の森から来たってこと丸分かりになるやん。南門から入ったら？』

「南ね」

地上から見えないように高度を上げて、反対側へと向かう。

こうして上から眺めてみると、本当に広い街だっていうのが分かる。中心に大きな建物があるのは、なんだろう？

『はえー。ファンタジーですなあ』

『何がすごいって、あれだけ大きな街なのに電線がないってことだよね』

『現代日本からじゃ考えられないな』

日本は、というよりあっちの世界は、電線ばかりだったね。どこを見ても必ず電線があった、と思う。科学は魔法よりも便利だとは思うけど、電線は本当に邪魔だった。

この世界はどうなるのかな。科学がなくても魔法がある。魔法そのものが使えなくても、魔法の道具なんてものもある。今更科学が入り込む余地はない、と思えるほどに。

なんて、そんなこと考えてみたけど私にはあまり関係ないことだね。なるようにしかならない、とも言う。

そんなことを考えていたら、反対側の南門にたどり着いた。

「おー……」

長蛇の列をなしてる、というほどではないけど、途切れることなく街に入っていく人や馬車がある。逆に街から出て行く馬車も。交易の街と言われるだけあるね。

それじゃ、私も入ってみよう。とりあえず南門の前に下りていけばいいかな？

いきなり落ちたらびっくりする人もいるだろうし、ゆっくりと下りていく。あ、ちらほらと私に気が付き始めた。指を指されてる。門番らしい人も気付いたみたいで、こっちを見てぽかんとしてる。仕事しなよ。

『おやかた！　空から不審者が！』

『よし、撃ち落とせ』

『なんでやｗ』

いきなり攻撃されたら反撃しちゃうよ？

うん。なんか、注目を集めてしまってる。いつの間にか誰も動かなくなってる。みんな私を見て固まってる。どうしよう、何があったのか分からない。

ゆっくりと地面に着地する。相変わらず視線を集めたまま。えっと、私は何を求められてるの？

何も悪いこと、するつもりはないよ？

あ、この黒い板が怪しいのかな。当たり前か。

「コメントの板、消すね。いくつかのコメントは直接耳に届くようになってるから」

『りょ』

『当然やな』

『相変わらずの謎技術』

技術というか、魔法だしね。

黒い板を消して、改めて周囲の様子を確認する。うん。うん。やっぱりみんな見てる。どうしようかこれ。

次の行動を決めかねてる間に、街の方から兵士さんが走ってきた。武器の類《たぐ》いは何も持ってない。丸腰と言ってもいいかも。

走ってきた兵士さんは、二人。二人とも私の目の前で立ち止まると、直立の姿勢になった。

「失礼致します！　高名な魔女殿とお見受けしますが、ゲーティスレアへはどのようなご用件でしょうか！」

「ん……。ゲーティスレアって？」

「は！　この街の名前です！」

街の名前はゲーティスレアというらしい。長い名前だね。日本を見習え。

『高名な魔女ってなんや』

『リタちゃんって有名なん？』

『森から出たことのないリタちゃんが有名だとしたら師匠さんの仕業だろうけど』

そっか。師匠の手がかり、かもしれない。聞いておこう。

「私のこと知ってるの？」

「いえ！」

「ん……？　高名っていうのは？」

「空を飛んでいたためです！」

待って。

『空飛べたら有能なんか？』

『兵士の反応見る限り、有能なんてもんじゃないっぽい』

『はい、ここで皆さん、かつての師匠の言葉を思い出してみましょう』

『空を飛ぶ魔法なんて基礎中の基礎、だっけw』

いや、うん。おかしいとは思ってた。思ってたよ。だって、基礎のわりにはかなり難しかったから。今でこそ自由に飛べるけど、覚えるのにかかった時間は他と比べて圧倒的に長かった。

何が基礎だ。会えたら怒ってやる。

「魔女殿？」

「ん……。なんでもない、です」

「そうですか。では、そのですね。どのようなご用件でいらっしゃったのでしょうか？」

「んー……。ただの観光、ついでに人捜し、です。ところで、私からも聞いていいですか？」

「なんなりと」

「なんで、その、そんなに丁寧なんです？　子供相手ですよ……？」

「魔女というのは、見た目通りの年齢とは限りませんから。空を自由に飛べるほどとなれば、きっと長い時間を研鑽《けんさん》に費やしたのだろうことは容易に想像できます」

「………」

『リタちゃんがなんかすっごい顔になってるw』

『嫌そうというか、申し訳なさそうというかw』

『でも実際のところ、亜空間だっけ？　あそこにどれぐらいいたのか分からないからな……』

そうなんだよね。当たらずも遠からず、というか。確かに私はエルフで、亜空間の中で過ごした時間を考えるとそれなりの時間になってると思う。

でもそれって、魔法の研鑽というよりは、興味があることの研究だったんだよね。地球とか日本とかお菓子とか。だから、その、うん。研鑽とか言われると……。そこまでじゃないと思います。

まあ、それはいいや。勘違いされて困るようなことでもないし、説明もめんどくさいし。それよりも気になってることがある。

「私、街の中に入れますか？」

ここまで注目されたりすると、難しいのかなって。わざわざ兵士さんが来たぐらいだし。

私が聞くと、兵士さんはすぐに頷いてくれた。

「もちろんです！　魔導師は街の、国の、そして世界の宝です！　拒む者などいるはずもありません。人捜しとのことですが、こちらで協力させていただきます」

「あ、それはいいです」

「そうですか……」

なんか、しゅんと落ち込まれてしまった。ちょっと子犬っぽい……、いやそれはないか。こんなに大きな犬なんていてほしくない。

「では、どうぞ魔女殿。ご案内させていただきます」

「え。あ、えっと……。並ぶんじゃ……？」

「魔女殿をお待たせするなんてとんでもない！」

「はあ……」

いや、いいんだけどね。待たされずに入れるならすごくありがたいし。

でも、なんとなくだけど。何か目的というか、そういうのがあるんだろうなっていうのは察してる。特別待遇っていうよりも、私が待ちくたびれてどこかに行ってしまわないように、とかそういうやつだと思う。

だって、単純に案内だけなら兵士さんは二人もいらないだろうし。一人は何も言わずにじっと私を見てるからね。少し怖い。

話しかけてくれた兵士さんが先導してくれて、私がそれに続く。もう一人の兵士さんは私の後ろ。護衛なのか逃がさないようになのか、どっちかな。

『これはリタちゃん、捕まっちゃうのでは？』

『よろしい、ならば戦争だ！』

「いやしないけど」

「魔女殿？」

「なんでもない、です」

思わず口が滑ってしまった。人の目があるところでは黙っておかないと。

ちなみに捕まえようとしてきたら、さっさと転移で逃げるつもりだ。その場合は他の街に行こうかなって。

兵士さんに連れられて、大きな門へ。たくさんの人や馬車が並んでいて、順番に検問を受けてる。その列の横を堂々と通っていく私たち。

気のせいかな。列の人にすごく見られてる気がする。気のせいかな。気のせいだよね。

『少なくとも俺ならなんだよあいつって思う』

『軽くイラッとするね！』

『殺意とまではいかないけどむかつくかな』

お腹がきゅっとするようなことは言わないでほしい。

そうして私が案内されたのは、門の中にある部屋だった。小さな部屋だけど、椅子やテーブルは精巧な造りをしていてちょっと高級そう。私には物の価値なんて分からないけど。

そして、その部屋では女の人が待っていた。華美な装飾が施された黒いローブの人。とても綺麗な金の髪で、年は十代後半ぐらいだと思う。

私を見て、その人は胸を張って言った。

「よく来たわね！　わたくしはミレーユですわ！　あなたを招待したのはこのわたくし！　感謝なさい！」

うん。なんだこいつ。

嬢様だあああ
うおおおおおおお
すげえええええ
型的なお嬢
でいるんか
嬢様きたあああ
ツンデレですか！？
ツンデレお嬢様ですか

そう思ったのは私だけだったみたいで、

『お嬢様だあああああ！』

『すげぇ！　典型的なお嬢様や！　こんなんマジでいるんか！』

『ツンデレですか⁉　ツンデレお嬢様ですか⁉』

止まることなく声が流れてくる。正直言うとすごくうるさくて切りたくなるけど、でもこれは楽しんでくれてるってことだし、このまま続けようかな。

視聴者さんが楽しんでくれるなら、この人とお話しするのも悪くないと思えるから。

「ん。初めまして。リタ、です」

「リタね！　覚えたわ！　わたくしはミレーユですわ！」

「ん……？　はい」

いやさっき聞いたけど。なんで二回も繰り返したの？

私が首を傾げると、ミレーユさんも不思議そうに首を傾げた。案内してくれた兵士さんが言う。

「あ、あの。魔女殿。お相手はミレーユ殿です。ご存知でしょう？」

「いや知らないけど」

「え？」

「え？」

そんなさも知ってて当然みたいな反応されても。もしかしたら森の外ではわりと有名な人なのかな。ごめんね、私には聞き覚えも何もないよ。

師匠の話にも出たことがない名前だし、最近有名になった人なのかな？

「わ、わたくしを知らないの!?　最年少で魔女となったこのわたくしを!?」

え、なにそれ。魔女になるも何も、魔法を使える女の人なら魔女じゃないの……？

『これはお互いの認識に蘇我《そが》があるやつ』

『齟齬《そご》な。多分だけど、魔女として認められるのってすごいことなんじゃないかな』

『称号とか位とか、そんなやつでは』

あ、それならなんとなく分かるかも。でも一応、聞いておこう。

「魔女ってなんですか？」

「え？」

「え？」

どうしてそんな、信じられないものを見るような目で見てくるの？　うそでしょ、とか小声で言わないでよ。聞こえてるよ。少し傷つくよ。

『これが世間知らずの弊害か』

『引きこもりだからなあ、リタちゃん』

『パソコンのない引きこもりとか情弱一直線だからなw』

もう配信切ろうかな……。ひどいと思うよ。うん。

「魔女というのは、魔法を扱う冒険者などに与えられる称号の一つですわ。魔法の最上位に到達した女性に与えられます。冒険者はご存知？　ギルドは？」

「なんとなく」

「なんとなく……。あなた、どんな田舎から来ましたの……」

失礼な人だ。私はそんな田舎者じゃ……。田舎……。いや待って。

『田舎者ですらないんだよなあ』

『人が住んでない森に引きこもってる子だからなw』

『むしろ野生児の方が近いのではw』

いや。いや。ちょっと、え……。否定できない!?

そうだよね、森だからね、私の他に人は誰一人として住んでないからね。田舎にすらなってないよね。野生児って言われると誤解されそうだけど、でも野生で生きてると言える気がする。

でも！　でも待ってほしい！　私は日本を知ってるよ！　伝説のカツカレーとか、餃子とか、お饅頭《まんじゅう》とか、この世界にはないとっても美味しいものを食べて……。

『ちなみにリタちゃん、当たり前だけど日本はノーカンだぞ』

『そもそもとして日本に住んでるわけじゃないからな……』

『観光に行った場所を自慢して田舎者じゃないは無理があると思う』

逃げ道が……一つもなかった……。

「あの、リタさん？　急に黙って、どうされましたの？」

「なんでもないです……。田舎者なんてそんないいものじゃないです……。どうぞ野生児と呼んでください……」

「どういうことなの……」

『お嬢様の困惑も致し方なし』

『野生児ちゃん、落ち込むのは分かるけどとりあえずお話に集中しようぜ』

『さりげなく追い打ちかけんなｗｗｗ』

仕方ないとは分かってるけど、野生児はわりと本当にショックだったかもしれない。いや、うん。いいけどね。私は自分のお仕事に誇りを持ってるから。多分。きっと。

「では、僭越《せんえつ》ながらわたくしから簡単に説明してさしあげますわ。わたくしがここにいる理由でもありますので」

「はあ……。お願いします」

というわけで、ミレーユさんから冒険者とギルドについて軽く教えてもらった。

冒険者というのはギルドに登録してる人のことで、ギルドは冒険者の人に仕事を斡旋《あっせん》する組織のこと、らしい。登録の時の聞き取りで適性を調べられて、戦士か魔法使いに分けられるのだとか。その適性に合った仕事を紹介してくれるようになってる、とのこと。

「ふむふむ」

「もちろん高難易度の依頼をすぐに受けることはできません。冒険者にはランクがありまして、そのランクに応じた仕事を振り分けられますわ」

「ほうほう」

「聞いてます？」

「ん」

大丈夫。ちゃんと理解してるよ。ただ、視聴者さんがちょっとうるさいだけ。

『はいはいテンプレテンプレ』

『いつものやつですね分かります』

『つまりは仕事を決められなかったやつらの最終受け入れ先ってことだろ。単発バイトみたいな』

『身も蓋《ふた》もない言い方すんなw』

視聴者さんにとっては、どこかで聞いたことのあるようなものらしい。私も何かで見た覚えがあるけど。漫画とか。

「ちなみにランクは六段階ですわ。上からS、A、B、C、D、Eとなります」

『なんでアルファベットなんだよwww』

『お前新参か？　そこを気にするならまず言葉通じてることを気にしろよ』

『ちな配信魔法は異世界語と日本語が自動的に翻訳されてるぞ』

『ランクの等級も翻訳の都合だろうな。なんでアルファベットかはわからんけど』

『多分リタちゃんが読んでた漫画の影響じゃないかな』

『あんなところから学習すんなよwww』

あー……。そういえば、あったね。漫画のタイトルは忘れたけど、その漫画にもギルドがあって、ランク付けがあった。

全部が一緒ってわけじゃないけど、なかなか似通ってると思う。分かりやすいからかな。

「さらに、Aランクに到達した者には、二つ名が与えられますわ！」

「二つ名？」

「そうです！　多くの冒険者が、二つ名を得ることを目標にしていますわ！」

二つ名。称号みたいなものだよね。かっこいいやつだ。なんとかの魔導師、とか。

「わたくしは最年少のSランクです。もちろん二つ名持ちですわ！」

「おー……。なに？」

「わたくしは！　灼炎《しゃくえん》の魔女！　ミレーユ！」

「おー……！」

なんだかすごくかっこいい気がする！　気がした！

でも視聴者さんの反応は違っていた。

『ぎゃあああ！』

『あいたたたた』

『うぐおおおお！』

「……っ！」

頭の中に唐突に悲鳴のようなものが流れて、思わずびくっとしてしまった。悲鳴はまだ続いてる。コメント由来のものだと思うけど、いきなりすぎるよ。ミレーユさんからすごく不審そうに見られてるし。

「ど、どうかしました？」

「ん……。ま、待って……」

私が聞きたい方だから！　えっと、少しコメントに集中しよう……。

『うおおお！　封印した厨二病《ちゅうにびょう》がうずく……！』

『よせ！　やめろ！　それ以上やるとこの右目の封印をばばばば』

『この俺の右腕に封印されし邪龍《じゃりゅう》がお前をろろろろ』

いつも以上に意味が分からないことになってる。なにこれ。

『阿鼻叫喚《あびきょうかん》で草』

『誰もが一度は通る道だからね、仕方ないね』

『リタちゃんは気にしないでいいから。バカどもの問題だから』

気にしなくていいと言われても気になるよこれ。

落ち着くためにゆっくり深呼吸してから、ミレーユさんに意識を戻す。どこか心配そうに私を見てる。やっぱりこの人、いい人だ。

「ごめんなさい。もう大丈夫」

「そうですか？　その、ご気分が優れないのでしたら、宿の手配をさせていただきますけれど……」

「平気」

説明したくてもできないし。

「魔女というのは、Sランクに到達した女性の魔法使いに与えられる称号ですわね。他にも国から称号を与えられる場合もありますわ。二つ名と称号を合わせて、灼炎の魔女、ということです」

「かっこいい」

「ふふふ。そうでしょう？」

素直に褒めると、ミレーユさんは満更でもなさそうに、でもちょっぴり頬を染めて微笑んだ。かわいいと思う。

『かっこいい……のか……？』

『痛いと真っ先に思った汚れた俺を誰か殺してくれ』

『今回は多分ほとんど全員が思ってるよ……』

えー。かっこいいと思うけど。灼炎の魔女。かっこいい。

私も何か名乗りたいな。二つ名。私の場合どうなるんだろう。ミレーユさんは、多分炎の魔法が得意なんだよね。じゃあ得意なものから連想して……。

「私の得意な魔法って、なに……？」

ミレーユさんに聞こえないように小声で聞いてみたら、みんなから答えがあった。

『転移魔法？』

『召喚魔法？』

『何を召喚してるんですかねえ』

『お菓子』

『つまり、お菓子の魔女』

『それだ』

「それだ、じゃないよ。もっとかっこいいのにしてほしい。例えば……そう……。深淵《しんえん》の魔女とか」

『審議中』

『審議中』

『審議するまでもなく、ないな』

『ない』

『満場一致で否決されました』

なんで!?

「あの……リタさん？」

「あ、えと。ごめん。なに？」

コメントに集中しすぎた。多分ミレーユさんが何か話してたと思うけど、全然聞いてなかった。

ミレーユさんは呆《あき》れたようにため息をつきながら、もう一度話してくれた。

「その様子ですと、本当にギルドや冒険者については知らなかったようですわね」

「ごめん」

「いえ。どうやら上級貴族の使者というわけでもないようで」

「ん……？」

なんでいきなり、貴族とかが出てくるの？　いや確かに関係ないけど。むしろ関係ないと思われた理由が気になる。

「どうして関係ないと思ったの？　いや、貴族なんかと関係はないけど」

「上級貴族の関係者がこんなバカ……、失礼、もっと理知的かと」

「…………」

なんか、すごくバカにされた気がする……！

『草』

『否定できないのがまた……』

『無知は分かりやすいほどに晒《さら》してたからなw』

視聴者さんはどっちの味方なのかな。

「それにしても……」

ミレーユさんが私をじろじろと見つめてくる。頭の先からつま先まで。そんなに見られると、少し恥ずかしい。

「あなたほどの魔法使いが、ギルドに所属しておらず、貴族の子飼いでもないのに、今の今まで無名だなんて……。驚きですわね」

「ん……？　あなたほどって、どういうこと？」

「空を飛んでいらしたでしょう？　空を飛ぶのは熟練の魔法使いでも難しいですわよ」

まって。いや本当に、待って。

私、空を飛ぶ魔法を覚える時に、師匠から基礎的な魔法だって言われたんだけど。いやでも確かに、基礎的な魔法なのに他の魔法と比べるとやたらと難しいと思ったけどね。

魔力のコントロールがかなり難しい魔法なんだ。空を飛べる魔法さえ使えたら、もうコントロールについては大丈夫だと言えてしまうほどに。

だからこそ初期に教える基礎的な魔法、とか師匠は言ってたんだけどね……。

『間違いなく騙《だま》されてますね』

『お師匠の代から見てるワイ、みんなでいつ気付くか賭けていたということを暴露しておく』

『俺、すぐに気付かれると予想してたんだけどなあ』

『一年で気付くと予想してたｗ』

『お前らｗｗｗ』

え、なにこれ。視聴者さんの大勢が知ってったってこと……？　教えてくれてもいいのに。

でも言われれば言われるほど、私が気付くべきだったとも思う。せめて次に教わった魔法がすごく簡単だと感じた時に気付いておくべきだったよ。

「師匠からは空を飛ぶ魔法は基礎の魔法だと教わりました……」

「ええ……」

　どん引きされたんですが。

『草ｗｗｗ』

『草に草を生やすな』

『まあでも、実際にリタちゃん以上の魔法使いなんてそうそういないだろうし、問題ないさ』

　私の気持ちにはとても問題あるけどね。とても。

「こほん。まだどこにも所属していないのなら、是非ともギルドに所属することをオススメ致しますわ」

「ん？　なんで？」

「貴族ですら手出しできないからですわ」

　名の売れた冒険者は貴族から声がかかることもあるのだとか。でもそれで貴族に仕えるかは自由に選べる。

　無理に引き抜こうとすると、その国からギルドがなくなるかもしれない。それを危惧して、あくまで勧誘する程度になるのだとか。

「もちろんそれでも無理矢理な引き抜きはありますわ。けれどそれを国王なり上の方に報告すれば、対処していただけます。なので、貴族に仕えたくないのなら、ギルドに所属することが一番安全ですわ」

　ということで、とミレーユさんが身を乗り出してきた。

「是非とも、ギルドに入ってほしいですわ！」

んー……。さて、どうしよう。正直なところ、どっちでもいいと思ってる。貴族は煩わしいかもしれないけど、そもそもとして迷惑だと思ったら帰ればいいだけだし。

もしも森まで追ってくるなら、それこそ容赦しない。容赦せずに放置する。それだけで、森の魔獣に食われるだろうから。

視聴者さんはどうしてほしいんだろう？

『ギルドに入るべき』

『めんどくさいのなら入らなくてもいいんじゃね？』

『是非とも入ろう。王道だし』

何がどう王道なのかはよく分からないけど、入る方の意見が多そうだし、入ってみようかな。わりと楽しそうだしね。

「じゃあ、入ります」

「本当に？　嬉しいですわ！　歓迎致します！」

にっこり笑って手を差し出してきたので、その手を取る。しっかりと握手だ。

「それでは、ギルドの本部に招待させていただきますわ」

そう言って、ミレーユさんが部屋を出て行くので慌てて追う。その時に、ミレーユさんはぽつりと。

「貴族に取られる前に確保できましたわ……」

そんな言葉が聞こえてきた。どういう意味なんだろうね。聞くつもりはないけどね。

たくさんの建物が並ぶ街。道路は石畳で整備されていて、馬車も走りやすそう。多くの人が行き交い、雑談や子供の元気な声が聞こえてきて、活気に溢れてる。

うん。すごい。日本とはまた違ったすごさだ。私はこっちの方が好きかも。

『俺は日本かな、やっぱ』

『パソコンとネットがあればどこでもいい』

『パソコンやスマホのない生活とかイメージできない。ぜったいやだ』

『ここには廃人しかいないのか？』

『ここを見てる時点でお前も同類なんだよなあ』

パソコン、便利だからね。私も真美が持ってるものを少し触らせてもらったことがあるけど、すごいと思った。

だって、ちょっと検索とかいうのをやっただけで、いろいろ情報が手に入るんだよ。便利なんてものじゃない。真美が言うには嘘や間違いの情報もあるから取捨選択が大変らしいけど、そんなものパソコンじゃなくても同じだ。

私も欲しいな、パソコン。まあパソコンを手に入れても、森では使えないだろうけど。そもそもとしてインターネットというのに繋げられないだろうし。

そんなことを考えながら、ミレーユさんについて行く。それにしても賑やかな街だね。みんな楽しそう。お店もたくさんあるから、後で寄ってみたいな。

「リタさんは大きな街は初めてなのですね」

「ん……。この世界の人里が初めて」

「本当にどんな田舎ですの……？」

周囲が巨木と魔獣に囲まれた素敵な森です。私以外、人が住んでいないけど。

「着きましたわ。ここがギルドです」

不意にミレーユさんが立ち止まって、そう言った。

ミレーユさんが案内してくれた建物は、他よりも一回り大きい建物だ。具体的に言えば、二階建ての建物が多くて三階建てがちらほらとある中、ここだけ四階建てになってる。

人の出入りも多くて、その人たちも鎧《よろい》やローブのいかにも冒険者な人ばかりだ。なるほど、ここがギルド。

「おー……」

『やべえ、イメージ通りすぎてやべえｗ』

『ここが……異世界の本拠地……！』

『異世界の本拠地ってなんだよｗ』

日本の漫画でもたまに見るやつとすごく似てるね。ここまで似通ってると、誰かこの星から日本とかに行っちゃって広めた人が実際にいるんじゃないかって思ってしまう。ない、とは言い切れない。だって師匠が実例だから。

「リタさん？」

「ん。今行く」

ミレーユさんを追って、ギルドの中に入った。

ギルドの中は広い部屋になっていた。左側に掲示板みたいなのが設置されていて、小さい紙がたくさん貼り付けられてる。部屋の奥にはカウンターがあって、三人ほどカウンターの奥で座っていた。

あれが受付かな。依頼を出したり受けたり報酬をもらったり。ちょっとやってみたいかも。

他にも丸テーブルがいくつかあって、たくさんの人が談笑していた。

カウンターの両側には階段がある。二階より上には何があるのかな。聞いたら教えてくれるかな。だめかな。

「リタさん、わたくしは支部長と少し話してまいりますわ。すぐに戻ってまいりますから」

「あ、はい。りょです」

「りょ……？」

「了解です」

『おい誰だよリタちゃんに変な言葉教えたやつ』

『俺ら全員だろ言わせんな恥ずかしい』

『これ絶対に師匠さんに怒られると思うんだ……』

階段を上っていくミレーユさんを見送る。ミレーユさんは有名人みたいで、階段に向かう間、たくさんの人に話しかけられていた。さすが灼炎の魔女だね。これが二つ名持ち。

「かっこいい」

『アッハイ』

『カッコイイナー』

なんだかすごく流されてしまった。

この後は、どうしよう。ミレーユさんはすぐに戻ってくるみたいなこと言ってたけど、だからって待つだけっていうのも……。なんだかちらちらと見られてる気がするし。

「そこの君、どうしたの?」

不意にそんな声がカウンターの方からかけられた。見ると、受付の一人が私を見て手招きしていた。

呼んでくれたし、行ってみよう。

なんだかちらちらと感じる視線が気になるけど、カウンターへと歩いて行く。受付さんは私が目の前まで来ると、にっこりと笑った。

「こんにちは。ギルドに用事? 依頼を出したいの? それとも、迷子かな?」

「んー……」

さて。どうしよう。

『登録しようぜ!』

『テンプレやろうテンプレ!』

『お前みたいなガキが登録なんてふざけんなとか言われよう!』

『もしくは魔力の測定とかでばかな! すごい魔力だ! みたいな!』

なんかみんな好き放題言ってるけど、登録するという意見は同じみたいだ。それなら、うん。登録しよう。

「登録したい。冒険者になりたい」

「え」

驚いて目をまん丸にする受付さん。どうにも困ったような表情だ。

「えっと……。冒険者って、危険な仕事も多いの。何があったか知らないけれど、別の仕事を探した方がいいんじゃないかな？　どこか紹介してあげようか？」

「それはいい。冒険者がいい」

「ええ……」

なんだか、断りたいっていう気持ちがひしひしと伝わってくる。ただこれ、私を嫌ってるというよりは心配してくれてるみたいだね。いい人なんだと思う。

受付さんが言い淀《よど》んでいると、今度は真後ろから声をかけられた。

「おう。嬢ちゃん、冒険者になりたいんだって？」

振り返る。筋肉むきむきなおじさんだ。とても強面《こわもて》の人で、私のことをじっと睨んでる。

『テンプレキタアアア！』

『新人への洗礼ってやつですね分かります！』

『ぶっ飛ばそうぜリタちゃん！』

血の気多すぎない？

視聴者さんのコメントに困惑していたら、おじさんが私の両肩をそっと掴《つか》んで、

「悪いことは言わねえ。やめとけ」

「え」

『え』

『おや？』

「いいか？　冒険者っていうのは、楽しい仕事じゃねぇえんだ。はっきり言っちまえば、まともな仕事ができねぇやつの掃《は》き溜《だ》めさ。だから命の危険ともいつも隣り合わせだ。例えば……」

そこから始まったのは、おじさんの苦労話。ただの薬草採取のはずが大きな魔獣に襲われたり、ゴブリンの討伐に行ったら巣が大きくて危うく死にかけたり、そんな話。

途中からおじさん以外も加わってきて、顔に傷があるお兄さんとか、魔法使いのローブを着たお姉さんとか、たくさん集まってきて。そしてみんな、冒険者なんてやめとけと言ってくる。

うん。なんか、予想と違う。漫画とかだと、言いがかりをつけられて襲われたりとかだったのに。

「ん？　どうした嬢ちゃん」

「ん……。えっと……。知り合いの人に、登録の時に襲われる、みたいに聞いたから……」

ちょっと濁してそう言うと、おじさんたちは一瞬だけぽかんとした後、気まずそうに目を逸らした。

「いや、うん。確かにそれもやってるんだけどね……」

「あのな、嬢ちゃん。嬢ちゃんみたいな子供に難癖つけて喧嘩をふっかけるとか、人間としてクソすぎるだろう……」

「間違いなくギルドから除名処分を受けるわね」

ぐうの音も出ない正論でした。

『ド正論である』

『洗礼みたいなものはやっぱあるんだな』

『あるけどリタちゃんみたいな子供にはやらないってことか』

『テンプレ不発で悲しい』

私もてっきりやるかと思ったよ。期待、とかではないけど、ちょっとわくわくしていたのは内緒。

私の不満そうな顔に気付いたのか、おじさんは肝っ玉が据わった嬢ちゃんだなと苦笑した。

「俺たち冒険者も信用で成り立ってる商売だからな。子供に喧嘩をふっかけた、なんて街の人に知られてみな。信用なんて吹き飛んで仕事なくなっちまうよ」

「ん……。なるほど」

言われてみれば当然か。依頼したギルドで働く人が不誠実な人とか粗暴な人だと、信用なんてできるはずもない。そんな噂《うわさ》が流れたら依頼が減っちゃうんだろうね。

依頼が減るっていうことは、働ける人も減るわけで。冒険者の人からすれば死活問題になる。

「冒険者も大変」

「そうなんだよ。ギルドの看板を背負ってるわけだからな。下手なことなんてできねえ」

「それをすぐに理解できる君は見込みがあるよ。Aランクも夢じゃない」

「魔法使いなんでしょう？　期待しているわ。機会があればいろいろ教えてあげるわね」

みんなにこやかにそう言ってくれる。もちろん遠巻きにして面白くなさそうな人もいるけど、でも優しそうな人の方がずっと多い。これなら新人さんも安心だ。

『やさしいせかい』

『やさいせいかつ』

『ここまでテンプレ。ここからからあげ』

『どっから唐揚げが出てきたんだよw』

『でもこいつら大丈夫か？　なんか、冒険者になることを止めようとしてたのに、逆に勧めてない？』

そんなコメントが聞こえた直後だった。

「って、いやいや待て待て！　冒険者になるのを止めようとしてんのに、なんで勧めてんだよ！」

「は！　そうだったわ！」

「いいかい、悪いことは言わない。冒険者になるなんていつでもできる最終手段だ。他の真っ当な仕事を探した方がいいよ！」

『コントかな？』

『こいつら絶対ノリで生きてるぞ。間違いない』

そんなことないと思う。多分。

止められても、私は登録するわけだけど。いやだって、ミレーユさんにも勧められたし、承諾したし。そういえば、ミレーユさんが遅い。

まだかなと思って階段の方を見れば、にやにや笑いながらこちらを見ていた。

よし。なるほど。

「じゃあ、やめる」

私がそう言うと、周囲の人とミレーユさんで面白いほどに反応が分かれた。

「おお！　それがいいそれがいい！　よし、なんなら一緒に仕事探しに行くか！　大丈夫だ、おっさんは顔が利くぞ！　依頼料なんていらねえから任せとけ！」

「さすがおっさん、頼りになるね！」

「てめえがおっさん言ってんじゃねえ！」

周囲の人は安心したみたいで嬉しそう。

そしてミレーユさんは、

「ま、まってまってまって！　本当に待って！　リタさん考え直して！」

ものすごく大慌てで駆け寄ってきた。少し面白い。

「あん？　灼炎の魔女さんじゃねえですか。Sランクの人がどうしたんです？」

「あら。もしかしてミレーユ様のお弟子さん？　修行でギルドで働いてみる、とか」

「そっか、それなら納得……」

「違いますわ！　そうではありませんの！」

「はあ……？」

首を傾げる人と、慌てたままのミレーユさん。受付さんも困ってる。

ミレーユさんはじれったそうにしてたけど、すぐにぽんと手を叩いて受付さんへと叫んだ。

「そこのあなた！　すぐに魔力測定の宝珠《ほうじゅ》をお持ちなさい！」

「は、はい！」

受付さんが慌てたように立ち上がって、カウンターの奥にある部屋に走って行く。すぐに戻ってきて、カウンターの上に丸い宝石を置いた。

拳大ぐらいの大きさだ。これは、あれだね。触れると魔力が多いほど光り輝く魔道具だ。師匠に聞いたことがあるから間違いない。

「さあ、リタさん！　これに触れてくださいまし！」

『テンプレ展開キタコレ!』

『誰よりも光り輝かせてびっくりされるやつや!』

『よっしゃやったれリタちゃん!』

うん。知ってる。みんなも乗り気だね。

でも、そんなテンプレ展開は拒否しよう。

魔力をコントロール。体外に漏れ出る魔力を完全に消す。これで触れれば、光ることなんてあり得ない。

そうして宝石に手を触れれば、やっぱり一切光ることがなかった。

『なんでぇ!?』

『リタちゃんが意地悪すぎる……!』

『やり直しを要求します!』

断固として拒否します。理由は特にない。

どうだ、とばかりにミレーユさんを見れば、目をまん丸に見開いていた。信じられないものを見るかのように。周囲を見ると、みんなが同じように固まってる。

はて。ミレーユさんはともかく、他の人はなんで?

「信じられねぇ……。光らないってことは、漏れ出る魔力を完全に止めたってことか……」

「そんなこと、あり得るの？　魔法使いでなくても漏れ出るものでしょう……」

「わたくしでも、完全に止めることなんて不可能ですわ……」

うん。よし。なるほど。

わたし、何かやっちゃいました？

『そっちできたかあｗ』

『それもテンプレっちゃテンプレだなｗ』

『さすがリタちゃん、そこに痺《しび》れる憧《あこが》れる！　真似はできないけど！』

『できるわけがないんだよなあ』

これ、光らせてしまった方が良かった気もする。

私がなんとも言えない苦い気持ちを抱いていると、誰かが私の肩に手を置いた。振り返ると、ミレーユさんがとってもいい笑顔で私を見てる。とってもとってもいい笑顔。

「リタさん。やはり逃がすわけにはいきませんわね」

「………………」

この人怖い。

『ヒェッ』

『本性現したわね！』

『これはもうダメかもしれんね』

何がダメなのかなあ!?

ミレーユさんに腕を掴まれて、二階へと引っ張られていく私。他の人も、もう止めようとはしてくれなかった。悲しい。

階段を上って、三階へ。三階はたくさんのドアが並ぶ廊下だった。ミレーユさんに手を引かれて連れて行かれたのは、一番奥の部屋。

「リタさん。これから支部長、つまりここのギルドマスターに会いますわ」

「ん」

ギルドマスターさんとの面会。何をするんだろう。でもとりあえずあれかな。ここで一番偉い人に会うから、粗相のないようにとか……。

「ギルドマスターに不愉快なことをされたら言ってくださいまし。制裁しますわ」

「………」

『なにそれ怖い』

『なるほど察した。ギルマスよりもSランクの方が上なんだな』

『一番上かと思ったら中間管理職じゃないですかやだー！』

『しかも上司がいつ来るか分からないというおまけつき』

『異世界にすら！　夢も希望も！　ないんだよ！』

実力主義ってやつなのかな。人材的にはSランクの方が貴重ってことなんだと思うけど。

「ギルドマスターなんて事務職はいくらでも代わりがいるのですわ」

「あ、はい」

『日本って恵まれてるんやなって』

『異世界に法律とかあるかもわからんからな。気付いたら路頭に迷ってそう』

『俺たちのファンタジーへの憧れをぶっ壊すのやめません？』

私に言われても困る。

ミレーユさんがドアをノックすると中から、どうぞ、という声が聞こえてきた。女の人の声だ。ちょっと年配の人かも。

ミレーユさんが先に入って、私もそれに続く。

大きな机とソファのある部屋だった。壁際には本棚もある。

ソファは机を挟むように二つ置かれていて、その一つに女の人が座っていた。にこにこと柔和な笑顔を浮かべてくれていて、優しそうな人だ。

「お待ちしておりました。どうぞお掛けください」

「ん」

頷いて、ギルドマスターさんの対面に座る。ミレーユさんは私の隣に座った。なんで？

「なんで私の隣に座るの？」

「嫌ですの？」

「んー……。まあ、いいけど」

ありがとう、とミレーユさんが笑った。

『てえてえ？』

『いや、単純にリタちゃんがめんどくさくなってるだけだろ』

『尊みのかけらもねえw』

何を求めてるのかなこいつらは。

ギルドマスターさんを見ると、あらあらと笑っていた。

「あらあらうふふ？」

「え？」

「なんですのそれ？」

「なんでもない」

『おい誰だよリタちゃんに変な知識教えたやつ！』

『だから全員では？』

『最近だとリタちゃんが漫画を読んで勝手に仕入れたりしてるからなあ』

『防ぎようがねえｗｗｗ』

　余計なこと言っちゃったのはなんとなく分かる。黙っておこう。

「改めまして、ギルドマスターのセリスです。ミレーユさんから優秀な魔法使いと聞いているわ。飛行魔法も習得済みだとか」

「ん」

「素晴らしいわね。飛行魔法はそれだけで重宝される魔法だから、あなたの加入は歓迎するわ」

　けれど、とセリスさんが続ける。

「いきなり高位ランクというのは、さすがに難しいわね」

「ギルドマスター」

　声をかけたのはミレーユさんだ。ミレーユさんは不満そうにセリスさんを見てるけど、セリスさんは肩をすくめて、

「当然でしょう。なんの実績もない女の子を、灼炎の魔女の紹介だからといきなり高位ランクにしてしまえば、それこそ周囲は納得しないわ」

「むう……」

変わらず不満そうだけど、今回は納得したらしい。それ以上文句は言わなかった。

当たり前と言えば当たり前だと思う。他の人からすれば、きっと面白くない。

でも、こつこつ仕事してランクを上げる、というのもやる気はないんだよね。せっかくだから入ってみよう、程度の気持ちだから。

我ながら不真面目すぎると思う。やっぱりギルドは断った方がいいかも。いや、でも、二つ名は欲しい。かっこいいのが欲しい。どうしよう。

頭の片隅でそんなことを考えていたら、セリスさんが困ったように片手を頬に当てた。あんな仕草、本当にする人いるんだね。

「やっぱり納得はできないわよね」

「納得できませんわ！」

「なんでミレーユさんが答えるの？」

今のは間違いなく私への質問だったと思うんだけど。いや、いいけどね。

「そこで、Aランクの冒険者用の依頼を三件、用意したわ。このどれか一つを、ミレーユさんと一緒に受けてもらえるかしら。それを試験としましょう。ミレーユさんは今一度、試験官としてリタさんを見極めてください」

「まあ……それなら、いいですわ」

ミレーユさんが承諾したっていうことは、この辺りが現実的なラインってことなんだろうね。それでもかなり譲歩してもらえてると思う。何も知らない私でも、ミレーユさんが紹介するからっていきなりAランク以上は無理があると思うし。

一階の冒険者さんを見たら分かるから。信用が大事だって。

「それではリタさん。どの依頼がいいかしら」

「ん……？　どれでもいいの？」

「ええ。これならできるというものを選んでね」

うん。本当にすごく譲歩されてるのが分かる。ミレーユさんの方が心配になるぐらいに。大丈夫かな、他の人に疎《うと》まれたりしないかな。

でもここで聞いても、問題ないって絶対言われると思う。それぐらいは私でも分かる。だから素直に選んでおこう。

えっと……。

「廃都イオに生息するドラゴンの討伐。不死鳥の涙の採取。精霊の森の調査……」

ん？　あれ？　え？　精霊の森の調査って、なんで……？

「では依頼の説明をするわね。ドラゴンの討伐だけれど、一年前にイオという国を滅ぼしてしまったドラゴンがいるの。他の国に来てしまう前に、先手を取って討伐したいというものね」

「あ、うん……」

「不死鳥の涙の採取は、不死鳥と会えれば、わりとあっさりともらうことができるわ。ただし火山の奥地に住んでいるから、住処《すみか》にたどり着くのが難しいわね」

「ん……」

「精霊の森の調査は、最近大きな魔力反応が度々《たびたび》観測されるようになったの。その原因の調査になるわ。私が言うのもなんだけど、これはあまりオススメしないわね」

大きな魔力反応？　魔獣たちの縄張り争いとは違う、よね？　最近だって言うぐらいだから。でも、特に変わったことなんて何も……。

『リタちゃんリタちゃん』

『大きな魔力反応ってリタちゃんの転移魔法では？』

『銀河から銀河への転移なんだから、魔力っていうのもすごく使ってる気がする』

「あ……」

あーあーあー……。そうだねそうだよその通りだ。しかもあの魔法、帰りの魔力も先に確保しちゃってるから、消費魔力も相応だ。それだけ一気にごっそり魔力を使ったら、何かしら観測されるのも当然かもしれない。

これは予想しておくべきだったかなあ……。隠蔽《いんぺい》の手段を考えた方がいいかも。

「リタさん、聞いてます？」

「え」

ふと顔を上げたら、ミレーユさんとセリスさんが呆れたような目で私を見ていた。

「ん。ごめん。聞いてなかった」

「そうですわね。どれも難しい依頼ですもの。悩むのも仕方ありませんわ」

ごめんなさい。全然別のことです。

「わたくしとしてはドラゴンの討伐がオススメですわね。ドラゴン一匹ということは群れから追い出されたはぐれでしょう。私一人でもやろうと思えば勝てますわ」

「私としては不死鳥の涙ね。火山の探索は大変だけど、過酷な環境だから魔獣に襲われることはあまりないわ。時間はかかるかもしれないけど」

精霊の森は候補にも出さないんだね……。

「じゃあ精霊の森の調査で」

「嫌ですわ！」

即座にミレーユさんに拒否された。早すぎてびっくりだよ。

「リタさん！　考え直しましょう！　精霊の森の調査など自殺行為ですわ！」

「そこまで言う？」

「そこまで言います！」

そこまで言われる森に住んでる私はなんなの？

『化け物』

『魔女』

『魔王かな？』

さすがに怒るよ。

「リタさん、候補に入れた私が言うのもおかしいけれど、やめた方がいいわよ。入り口付近ならともかく、精霊の森の奥地は本当に危険なの」

「そうですわ！　ドラゴンに勝るとも劣らない魔獣がうじゃうじゃいるのですわ！　命がいくつあっても足りませんわ！」

「うじゃうじゃ」

『うじゃうじゃ』

『うじゅうじゅ』

『なんかきたねえな』

なんの話をしてるのかな。

本気で避けたがってるミレーユさんには悪いけど、森の調査の方が気が楽だ。原因が分かってるから。守護者がいるのはわりと有名のはずだから、その実験とでも言えば納得する、はず。

「森の調査で」

「ええ……。私は構わないけど……」

セリスさんがミレーユさんを見る。ミレーユさんは愕然《がくぜん》とした表情で私が選んだ依頼書を見ていた。

たっぷり一分ほど固まってから、叫んだ。

「分かりましたわ！　やりますわよ！　やればいいのでしょう！」

そういうことになった。


「ああ……嫌ですわ……行きたくありませんわ……」

ただ今上空を飛行中。街から離れて北に向かってる。目的地はもちろん精霊の森だ。飛ぶ速度はミレーユさんに合わせてる。というより、先導してくれてる。

ただ、その……。すごく遅い。このペースだと、休まず飛んでも丸一日かかりそう。丸一日なんて飛んでられないだろうから、どこかで野宿するつもりなのかな。

「ミレーユさん」

「はいはい。なんですの？」

「どこかで野宿するの？」

「そうなりますわね。ああ、野宿の用意の心配なら必要ありませんわ。わたくしのアイテムボックスに入っておりますので」

「ふうん。そっか……、いや待って」

今、すごく聞き逃せない単語があった。声を小さくして、視聴者さんにだけ聞こえるように言う。

「間違いなくアイテムボックスって言ったよね？」

『言った』

『すまん。最近見始めたんだけど、何かあんの？』

『アイテムボックスはリタちゃんのお師匠さんが考案したオリジナル魔法。モチーフはそのままネットゲームのやつな』

もちろん他の人が新しく考えたっていう可能性もあるけど、それでも名前まで被るわけがない。アイテムボックスなんて言葉、あの魔法以外で聞いたことがないから。

「ミレーユさん。そのアイテムボックスの魔法について詳しく」

「あら。リタさんは知りませんの？　賢者コウタが考案した魔法ですわ。習得難易度はトップクラスで高いものですが、とても便利な魔法ですわよ」

師匠の名前はコウタっていうらしい。初めて知った。でも、それよりも。

「賢者……？」

『けwwwんwwwwじゃwwww』

『あいつが賢者かよwww』

『あいつは森を出て何をやってんだよw』

なんというか。すごい呼ばれ方をしてるね。これも二つ名っていうのかな。

でも、うん。賢者。いいと思う。賢い人ってことだよね。かっこいい。

「さすがは私の師匠。合ってるかは置いといて」

『置いとくなw』

『フォローのようでフォローをする気がねえなw』

いや、だって……。師匠はすごく尊敬してるけど、どうしてもあのいないいないばあを思い出してしまうから……。

「そのコウタさんに直接教わったの？」

「そうですわ。魔法学園で教鞭《きょうべん》を執っておられました。とても良い教授でしたわ」

魔法学園。そこで先生をやってるらしい。なんというか、私がいなくても誰かに何かを教えてるんだね。師匠らしいと言えば師匠らしいかも。

「その人に会いたい」

「え？　アイテムボックスならわたくしが教えてさしあげても……」

「会いたい」

「…………」

ミレーユさんが押し黙ってしまった。なんだろう。言いにくいことを聞いてしまったかな。

じっと黙ってミレーユさんの返答を待っていると、やがてミレーユさんが口を開いた。

「亡くなりました」

え。

……え？

「なん、て……？」

「一年ほど前ですわね。魔獣から教え子をかばって……」

いや。まって。おかしい。ししょうが？　まじゅうに？　だれを？　かばって？

ちがう。ありえない。だって、ししょうだ。ししょうだよ。そんなこと。

あり得ない！

『リタちゃん！』

『待って落ち着け！』

「無理！」

ああ、そうだ。精霊様だ。精霊様なら知ってるはずだ。

私はミレーユさんの腕を掴むと、一気にスピードを上げた。全速力で森へと向かう。

「なあああああ!?」

ミレーユさんの悲鳴なんて気にしていられない。私は一直線に精霊様の元へと向かった。

精霊の森の上空を突っ切って、まっすぐ森の中央、世界樹の元へと向かう。

精霊の森の上空はワイバーンみたいな飛行できる魔獣の縄張りなんだけど、今日ばかりは無視だ。

襲ってくるやつだけ適当に返り討ちにしていく。

そうして三十分足らずで、私たちは世界樹にたどり着いた。

世界樹の側で地面に降り立ち、そして勢いでミレーユさんを連れてきてしまったことに気付いた。

「あ……」

ミレーユさんは、ぐったりとしていた。どう見ても気絶してる。加減なんてする余裕がなかったからなあ……。悪いことをしちゃったかも。

とりあえずその場に横にしておく。魔獣は世界樹の側には近寄らないから、一先《ひとま》ずここで待っていてもらおう。

『リタちゃん、往路の時はあれでも加減してたんだなあ……』

『早すぎてびっくりした』

「ん。ごめん」

でも今は視聴者さんは後回しだ。

「精霊様！」

世界樹に向かって呼びかければ、すぐに精霊様が出てきてくれた。私の顔を見て、一瞬だけ言葉に詰まった、ように見えた。

「おかえりなさい、リタ。早かったですね」

「ん……。聞きたいことが、あったから」

「どうぞ」

「師匠は、生きてるの？」

ごまかすことなんてできないように、はっきりと聞いておく。問われた精霊様は、悲しげに眉尻を下げた。それだけで、答えが分かってしまった。

「リタ。その、ですね……」

「ん……。もう、いないんだね……」

「……………。そうなります……」

そっか。そう、なんだ……。

精霊様は、召喚した縁をたどって、師匠が元気に過ごしているかなんとなく分かると聞いたことがある。その精霊様がいないと言うってことは、そういうことなんだろう。

信じたくなかった。ミレーユさんが言う賢者さんは、師匠とは別の人だと思いたかった。でも、精霊様が嘘をつくとは思えない。だから、まあ……。受け入れないといけない。

受け入れないといけないけど……。

「あああああ！」

叫ばずには、いられなかった。

ひとしきり叫んで、ついでにみっともなくわんわん泣いた。こんなに泣いたのは初めてかもしれない。ずっとずっと、たくさん泣いた。

その間にミレーユさんが起きてきた。泣いてる私と精霊様にぎょっとしたみたいだけど、何も言わずに私の背中をさすってくれた。聞きたいことがたくさんあると思うのに、優しい人だ。

視聴者さんたちは、とても静かだった。泣かないで、なんてコメントがちらほらと聞こえてきただけ。気を遣ってくれたのかもしれない。視聴者さんも、優しい人が多いよね。

たくさん泣いて、泣いて。日がすっかり沈んだ頃に、ようやく落ち着くことができた。我に返ると、ちょっとだけ恥ずかしかった。見た目相応でしてよ、なんてミレーユさんに言われたけど。

もう夜も遅いから、ミレーユさんは私のお家《うち》に泊めてあげることにした。森の最深部に連れてきちゃったのは私だからね。放り出すことなんてできない。当たり前だけど。

「ここが私のお家。結界があるから魔獣は入ってこないよ。ゆっくりしていってね」

「ありがとうございます。精霊の森の深部に家があるなんて思いもしませんでしたわ……」

「守護者だって人間だから。住む家ぐらいはある」

「人間……?」

『人間……?』

『知ってるかなリタちゃん。普通の人間は高速で空を飛べたりしないんだ』

『ミレーユさんの反応から考えると、そっちの人間も同じくだと思う』

いやいや、がんばればきっと誰でもできるよ。才能さえあれば、だろうけど。

私のお家は結構広い造りだ。入ってすぐにリビングがあって、机とかソファとか、くつろげるようになってる。左右と奥にドアがあって、左が私の私室、右が師匠の私室、奥が秘密の部屋。

秘密の部屋というか、私が配信について知らなかった時に師匠が配信していた部屋ってだけで、今はただの物置だけど。

ただ、私も師匠もアイテムボックスがあるから、あまり物は置いてない。ベッドと本棚と机があるぐらい。

「適当に座って。はい水」

「ありがとうござ……、すごいですわね……」

椅子に座ったミレーユさんの前に、コップに入った水を出してあげると驚いていた。アイテムボックスから出したコップに魔法の水を入れただけだけど、違う何かに見えたのかな。

私がミレーユさんの対面に座ると、ミレーユさんがおずおずといった様子で口を開いた。

「あの、ですね……。いろいろと聞いても……？」

「ん。いいよ。でもいろいろと察してるよね？　先にそれを聞かせて」

「そうですわね……。まず、リタさんは精霊の森の守護者、でしょうか」

「そう」

「実在していたことに驚きましたわ……」

「そんなに……？」

詳しく聞いてみたら、森に守護者がいるという話はよく聞くそうだけど、実際に会った人はもう長い間いなかったらしい。今となっては架空の存在、もしくは長い時間でいなくなってしまったと思われていたんだって。

確かに私は森から出ない。今までの守護者も同じくだ。でも師匠みたいに役目を譲ってから外に出た人はわりといるらしいから、気付いていないだけで元守護者とは会ってるんじゃないかな。

「ええ……。本当に……？」

「ん。私の師匠、つまり先代の守護者は学園で教師をやってたみたいだし」

「賢者コウタのことですわね……。確かに多くの魔法に精通しているとは思いましたが、まさか守護者だったなんて……」

「師匠のことだから、守護者の話が出るたびに内心で笑ってたはず」

『あり得るｗ』

『というより間違いないｗ』

『あいつ性格悪いところがあるからなあｗ』

わりといたずらとか好きな人だしね。椅子の上に変なクッション置かれたことは未《いま》だに忘れてない。ぶーって鳴るやつ。会うことがあったら殴ってやる。

殴って……やろうと思ってたんだけどなあ……。

「ちょ!?　いきなり泣かないでくださいまし！」

「だってぇ……」

「守護者といっても見た目相応なのですわね……。ほら、ハンカチ差し上げますわ。はい、ちーん」

「ちーん」

「よくできました」

『なんだこれ』

『ミレーユさんにママ味を感じる……』

『ミレーユママー！』

「な、なんですの？　変な悪寒を感じましたわ……！」

『マジかよｗｗｗ』

ん……。勘が鋭いのかもしれないね……。知らない人に見られてるのはいい気がしないだろうから言わないけど。

「話の続きですけれど……。森を出た目的は人捜しと仰《おっしゃ》っておりましたわね？　師匠を……賢者コウタを捜すつもりだったのでは？」

「正解。名前は知らなかったけど」

「ええ……。師事していたのでしょう……？」

「師匠としか呼ばなかったから……」

『俺らも名前知らなかったぐらいだしな』

『あいつも初回配信の時は魔法使いとしか名乗らなかったから……』

『リタちゃんが配信するようになってから師匠さん呼びになったはず』

師匠に聞いたことがあるけど、こういう配信では本名は名乗るものじゃないらしい。配信魔法を譲られた時にそう注意されたことがある。私は気にせず本名だけど。日本出身じゃないから影響ないだろうし。

「それで、リタさん。これからどうしますの？」

「ん？」

「お師匠様のことはその……。分かったのでしょう？　森の外に出る必要はありますの？」

「邪魔？」

「いえ、そんな、滅相もありませんわ！　あなたほどの方が冒険者になってくれるのなら、とても頼りになりますもの。けれど、あなたにとって冒険者という立場は必要ないでしょう？」

旅をするだけならそうだと思う。今まで通り森の外に出なくても同じく。

でも、師匠が教師をしていたと聞いて、ちょっとだけ思ってしまった。見てみたかった、なんて。

だから、せめて師匠が何をしていたのか、見に行ってみたい。

「学園っていうのを見学するのに、何かしら立場があった方が便利そう」

「見学？　あなたが？　……ああ、なるほど。お師匠様の軌跡を調べたいのですわね」

なにこの子鋭すぎて怖い。

『さとりようかいかな？』

『いやわりと分かりやすかったぞ今の』

『むしろそれ以外の理由が思い浮かばないんだが』

言われてみればそうだね。私が先生をしたいとか思い浮かばないだろうし、私もやりたいとは思わないし。ちいちゃんに教えるのは楽しいけど。

「分かりましたわ。それではさくっと、大きな魔力反応とやらを調べてしまいますわよ！」

「あ、ごめん。その原因、私」

「え」

「ちょっと大きな魔法を何度か使ったから。守護者が魔法の実験をしている影響って伝えておいて」

「ええ……」

正直、えっとなんだっけ……。まっちぽんぷ、というものになってる気がするけど、嘘は言ってないから許してほしい。私もまさか観測されてるだなんて思わなかったし。

「ま、まあいいですわ。ちなみにその実験、これからも続けるのですか？」

「ん。定期的にやると思う。だめ？」

「危険はありませんの？」

「精霊様のお墨付きをもらってるから大丈夫」

「豪華なお墨付きですわね……」

守護者の特権ってやつだね。気軽に見てもらえてとても助かってる。

そんなことを言ったら何故かとても呆れられてしまった。

「今日は休暇だと思ってゆっくりしていって。本ならたくさんあるから暇つぶしは困らないと思う」

「そうですか？　ではお言葉に甘えますわ」

『リタちゃんが誰かを泊まらせるなんて……』

『正直一生無理だと思ってたよ……』

『成長したなあｗｗｗ』

『草を生やしてやるなよｗ』

『オマエモナーｗ』

喧嘩売ってるのかなこいつらは。

ちなみに。本棚にある本はどれも貴重なものらしくて、ミレーユさんがとても大騒ぎしていたけど、まあ些細《ささい》なことだと思う。

あ、うん。保存魔法かかってるから自由に読んでいいよ。遠慮なくどうぞ。

夜。日も沈んできたしそろそろ晩ご飯かなとは思うんだけど、ミレーユさんがひたすらに本を読んでる。リビングの椅子に座って、黙々と。

「ミレーユさん、そろそろ夜だよ」

「…………」

「すごい集中力。反応しない」

『結界の話を聞いてるからかな？』

『危険がないって分かってるもんな』

『それにしても警戒心なさすぎでは』

『まるでリタちゃんやな』

否定はできない。私も読書に集中するとずっと読みふけってしまうから。一度配信しながら読書に集中して、丸一日ずっと読んでいた、なんてこともあった。

あの時は視聴者さんに悪いことをした、という感想よりも、そんな私の本を読むだけの姿を丸一日見続けた視聴者さんがいたことに戦慄《せんりつ》したよ。

だからミレーユさんのこれも分かるには分かる。親近感を抱いたりもする。でも、私はそろそろお腹が減ってきた。

というわけで、申し訳ないけど本をさっと抜き取らせてもらった。

「あ……」

切なそうな声を出さないで。すごく申し訳ない気持ちになるから。

『えっ……』

『すごいえちえちな声でした』

『おまえらｗｗｗ』

『リタちゃんも聞くコメントでくだらないこと言うなっての』

変態ばっかりなのかな？

じっとミレーユさんを見ていると、ミレーユさんはすぐに我に返って咳払いをした。いろいろと手遅れだけど。

「失礼しました、リタさん。何かご用でしょうか」

「用も何も、ご飯の時間。晩ご飯」

「えっ⁉」

わ、びっくりした。ミレーユさんが勢いよく立ち上がって、慌てたみたいに外へのドアへと駆けていく。さすがに結界の外に出ないとは思うけど、私も一緒に行こう。

ミレーユさんは家の外に出ると、呆然とした様子でつぶやいた。

「まっくらですわ……」

ん……？　あ、本当だ。もう日が沈んでしまったらしい。月明かりがあるから真っ暗ってわけではないけど、家の中と比べると雲泥の差だね。街灯とかないから当たり前だけど。

そういえば、まだ日本の夜って見てない。なんか、すっごく明るいんだよね。どこに行ってもきらきらしてるって師匠が言ってた。今度真美に会いに行く時は夜までいてみようかな。

そんなことを考えていたら、ミレーユさんが振り返って頭を下げてきた。

「申し訳ありません、リタさん」

「え。な、何が……？」

「泊めてもらう上に本まで読ませていただいたので、夕食ぐらいはわたくしが用意しようと思っていたのですわ。今から用意しますから、少しだけ時間を……」

「あ、大丈夫。もう用意したから」

「え」

「もう用意したから大丈夫」

繰り返し言ってあげると、ミレーユさんは愕然とした様子で膝を突いた。そんなにショックを受けることなのかな。

「本当に……何から何まで申し訳ありませんですわ……」

「別にいいよ。師匠のことを教えてくれたお礼」

ミレーユさんに聞いてなかったら、多分ずっと捜し続けていたと思う。ずっと、ずっと。

だからお家にも泊めてあげるし本も見せてあげるし晩ご飯も作るよ。

「ちなみにご飯は私のとっておき」

「守護者様のとっておき、ですか。それはとても楽しみですわ」

「ん。期待して損はない」

私に料理の才能なんてまずないけど、でも今回のは誰でも作れるものだ。日本すごい。とてもすごい。

家の中に戻ってアイテムボックスから取り出すのは、日本で言うところのレトルト食品というやつだ。真美に私の世界でもカレーを食べたいって言ったら渡された。

でも、なんとなくもったいない気がしてしまって食べてなかったのだ。いやだって、いつでもカレーが食べられる素敵なご飯だよ？　そう、つまりこれは。

「国宝級のご飯」

「国宝級、ですって……!?」

『国宝級ｗｗｗ』

『国宝（レトルト）』

『レトルト国宝ｗ』

『やっすい国宝やなｗ』

　いやいや、視聴者さんはそんなこと言うけど、本当にすごいものだと思うよ。温めるだけで美味しいご飯が食べられるって、すごくすごい。すっごくすごい。

『それは確かに』

『こっちではありふれたものだけど、素晴らしい発明だったのは間違いない』

　この世界でも作れるようになってほしい。いやその前にご飯の美味しさを追求してほしいけど。

　テーブルにお鍋を置いて、水を入れてさっと沸騰させる。火はいらない。水そのものを温めるから。こういう時にこそ魔法を使わないとね。

　その水にレトルト食品を投入。パックご飯とレトルトカレーを二つずつ。少し時間はかかるけど、後は待つだけ。すごく簡単だ。

「あの……。なんですの、これは……」

「レトルト」

「れとると……?」

「んー……。とっても長持ちする、簡単に料理が作れる素《もと》。他の人には内緒だよ」

「よく分かりませんが、すごそうですわ」

『実際すごい』

『俺もレトルトカレーには何度お世話になったことか』

『安くて早くて美味い。まさに完全食』

うんうん。概《おおむ》ね同意見だ。

十分に温まったところで、大きめのお皿に出してあげる。ご飯を入れて片側に寄せて、カレーを逆側へ。スプーンを添えて、と。

「お待たせ。カレーライス」

「かれーらいす、ですか……」

「ん。どうぞ」

私も自分の分を取り出してさっさと食べ始める。うん。さすがに真美が作ってくれるカレーには劣るけど、それでもカレーライスだ。美味しい。

ミレーユさんはまだ警戒していたみたいだけど、恐る恐ると食べた一口目の後はすごく早かった。さすがカレーライスだね。

私もミレーユさんもあっという間に食べ終わってしまった。

「とても美味しかったですわ……。これはもしかして、守護者にのみ伝わる料理ですの？」

「え？　あ、いや、えっと……」

「他では見たことも聞いたこともない料理ですし、そうですのね……」

「…………」

よし。説明ができないから、そういうことにしておこう。

でも、見たことも聞いたこともない、か。師匠はもう、挑戦することはなかったのかな。それとも、挑戦はしてたけど一人でやってたか。どっちだろうね。

「泊まる部屋だけど、師匠の部屋を……」

「ああ、いいえ。寝袋がありますのでここでいいですわ」

「え？」

「きっと、たくさんの思い出があるのでしょう？　わたくしが汚すわけにはいきませんわ」

それは、そうなんだけど。でも、うん。うん。そうだね。私もまだ気持ちの整理ができてるとは言えないし、そうしてもらおう。

「ありがと。それじゃあ、私はこっちの部屋にいるから、何かあったら呼んでね」

「分かりましたわ。ありがとうございます、リタさん」

「ん」

頷きを返して、リビングを後にする。そして私が入ったのは自室、ではなく。

師匠の部屋だ。

いつか帰ってくると思って清潔に保っておいた部屋だったけど、結局師匠が帰ってくることはなくなってしまった。師匠の私物とかそのままにして、待ってたんだけどね。

『リタちゃん……』

『元気だして』

『泣かないで』

「ん……。大丈夫。でも、ちょっと一人になりたいから、今日の配信はここまで」

そう言って、返事を待たずに配信を切った。

師匠の部屋は、机と椅子、本棚とベッドだけの部屋。本棚にあるのは、師匠が記憶を頼りに書いた日本の書物。大雑把な日本地図もあったりする。

師匠が帰ってくるまではあまり触らないようにしてたけど、もう、いいよね。

本棚から一冊抜き出してみる。何かの小説、かな。架空の物語だ。眠たいとも思わなかったから、師匠のベッドに腰掛けてそれを読み始めた。

何冊も何冊も読んでいって、あふれる涙が本に落ちないようにだけ気をつけて、読み続けて。

そして、それを見つけた。

師匠が書いた日本地図。覚えていることを書いたというそれには、いろいろと注釈も書き添えられていた。

そしてそこに、それはあった。

心桜島。開発中の島だ。師匠の注釈には、開発予定、とだけ書かれていて。

「いや、なんで……？」

師匠が転生した時期は正確には知らないけど、それでも私を育ててくれたから、二十年ぐらいは前のはずだ。そして心桜島は、視聴者さん曰く、最近開発が始まった、らしい。

師匠の地図には開発予定とある。予定が決まってから開始まで二十年もかかったってこと？　それはさすがに……どうなんだろう。日本のことはまだそこまで詳しくないから、あり得るかどうかも分からない。

なんだかちょっと気持ち悪い。考えても仕方ないし……。明日、精霊様に聞きに行こう。

「それじゃ、ミレーユさん。転移魔法で街まで送るから」

「転移魔法まで使えるのですね……」

「え？　うん」

朝。保存食だけの簡単な朝食を済ませた後、私は用事があるからここに残るとミレーユさんに伝えた。ミレーユさんも承諾してくれたんだけど、当然ながら帰りは一人になってしまう。

森から街まで、魔獣どころか動物の姿すら少ない。だから大丈夫だとは思うけど、それでももしも何かあったら嫌だから、転移魔法で送ることにした。

そう言ったらすごく驚かれたけど。ミレーユさん曰く、転移魔法はすでに失われた魔法だそうだ。驚きはしたけど、当然かなとも思う。転移先を失敗したら岩と体がくっついて変なことになるらしいし、消費魔力も膨大だ。使える人がいなくなるのも仕方ないとは思う。

「依頼のことですが、リタさんのことはどこまで伝えていいのかしら」

「ん……。まあ、別に全部でも。ただ、不用意に広めるのはやめてほしい」

「もちろんですわ。ではギルドマスターにのみ伝えますわね」

律儀な人だと思う。すごくいい人だ。だからこそ信用できる。

手を振って別れを告げて、転移魔法を発動。一瞬だけ光に包まれて、ミレーユさんの姿は消えた。

さて。それじゃあ、精霊様に聞きに行こう。とりあえず配信はスタートさせておく。心桜島についても聞いておきたいし。

「おはよう。少し早いけど、聞きたいことがあるから始めます」

『おはようリタちゃん！』

『マジで早すぎて草』

『聞きたいこと？　なんでも聞いてくれ』

夜よりは少ないけど、それでもすぐに返事をしてくれる人がいる。朝から暇なのかな。さすがに失礼だと思うから言わないけど。

あと、相変わらず読めない文字の文章もたくさんある。こちらについては見えないようにしておく。せめて私が読める文字で話してほしい。

「私が聞きたいのは心桜島について」

『今更だなあ』

『あまり専門的な知識はさすがにないけど、それでいいなら』

「ん……。あそこの開発が始まったのって、いつ頃？」

私がそう聞くと、流れてくるコメントはどれもが不思議そうにするものだった。今更だとは私も思う。今まで成り立ちに興味なんて持ってなかったから。

『開発が始まったのは二年前の春だったかな』

『予定としては五年ほど前からあったはず』

「ん……。そっか。ありがとう。精霊様とお話ししてくる」

『まってまってまって』

『何があったか気になるんだけど』

『説明ぷりーず！』

説明は、精霊様とのお話を聞いてもらったらだいたい分かるはず。

コメントの質問には答えずに、世界樹の側に転移する。精霊様を呼ぶと、すぐに姿を現してくれた。

「おはようございます、リタ。どうかしましたか？」

「ん。聞きたいことがある」

「聞きたいこと、ですか？」

首を傾げる精霊様に、私は小脇に抱えていた本を広げた。師匠が描いた日本地図のある本だ。心桜島のことが書いてあるページを開いて、精霊様に見せた。

「これ。心桜島の注釈」

「開発予定、とありますね」

『なにそれ。おかしくない？』

『え。何が？　どういうこと？』

『誰か詳しく！』

視聴者さんも、気付いた人と分からない人がいるみたい。精霊様はまだ不思議そうにしてる。そんなに難しいことじゃないんだけどね。

「心桜島の開発が始まったのは二年前。計画が出たのは五年ぐらい前、だって」

「え……」

あれ。精霊様が絶句してる。精霊様も知らなかったらしい。食い入るように地図を見つめてる。

「師匠が転生したのがいつかは知らないけど、私を育ててくれてるんだから最低でも十年は前のはず。赤子が赤子を拾えるわけもないから、現実的に考えて二十年は前じゃないかな。つまり、心桜島の計画なんてなかったはず」

「そう、ですね……」

『いやいや待ってなんだこれどうなってんの？』

『それが分からないからリタちゃんが精霊様に聞いてんだろ』

『そして精霊様すら知らなかったという有様。草も生えないｗｗｗ』

『生えとるやないかい』

んー……。精霊様なら知ってると思ったんだけど、予想外だ。

これは本当にどういうことなのかな。日本の特徴はだいたい一致してるから、地球からの転生者というのは間違いないと思うんだけど……。ただ、もしかしたら、似て非なる惑星が他にあるかも、とも思ってしまう。

「ですが、リタ。それほど気にする必要もないのでは？」

「んー……。まあ、うん。それはそう」

この世界での生活にも、日本へ遊びに行くのも、師匠の生まれがどうとかはあまり関係ないのは事実だ。別の地球があるとしても、あそこの料理で私は満足してるし。

でも。それでも。

「師匠の家族がまだいるなら、挨拶ぐらいはと思って……」

「家族、ですか」

「ん……。日本に帰りたそうにしてたから、それぐらいはしてあげたい」

師匠が帰ってきたら、自慢して、日本に連れて行ってあげよう、なんて思ってた。けど、それはもう叶《かな》わない。だったらせめて、師匠がここで生きていた証《あかし》を、師匠の家族に伝えたい。

ただ、それだけ。それだけの理由。

「そんな理由だから、どうしてもっていうわけじゃない。会えたらいいなって思っただけ」

「…………」

『リタちゃん……』

『ええ子やなあ……』

『師匠の名前なんだっけ？　名前さえ分かれば捜せるかも』

「名前は、コウタ、だったかな。ただ本名かは分からない」

「本名ですよ」

精霊様の声に顔を上げると、精霊様は真剣な目で私を見ていた。

「心桜島の計画が五年前なら、おそらく五年前から開発が始まる二年前の間に亡くなったのだと思います。地球と呼ばれる星も、私が知る限りあの星だけです」

「ん……。でも、時間がおかしい」

「そうですね……。私もこれが正しい、と言えるわけではありませんが……」

そう前置きして、精霊様は仮説を話してくれた。

宇宙には目に見えない星、光すら吸い込む超重力の星、ブラックホールというものが無数にあるらしい。銀河の中心にすごく大きなブラックホールがある他、それ以外にも小規模なものが点在しているのだとか。

その重力は光を呑《の》み込み、そして空間すらねじ曲げてしまうほど、らしい。それどころか、時空間すらねじ曲げることすらあるのだとか。

師匠の魂がこの星に呼ばれる時、ブラックホールを通り、そのまま過去に飛ばされたのかもしれない、というのが精霊様の仮説だった。

「これが正解かは分かりません。この仮説でも、説明できない部分もやはりありますから」

「ん……。例えば？」

「はい。私が呼んで、それほど間を置かずに彼の魂がこちらに来ました。この仮説なら、何も知らない過去の私の元へと飛ばされたはずです」

「なるほど……？」

『精霊様の声が届くのに数十年かかったとか』

『届いて、そっちの星に向かう間にブラックホールに巻き込まれて過去に飛んだ、てことか？』

『お前ら落ち着け。考えたところで正解なんて絶対に分からないぞ』

それもそうだね。師匠が生きていれば直接話を聞けたかもしれないけど、それはもうどうにもならないことだ。現実は受け入れないといけない。

「そうですね。ですが、コウタの出身はそちらの地球で間違いないかと思います」

それさえ分かれば、十分だ。名前も分かったから、あとはあっちで探せば見つかるかも。

そう考えてたら、そのコメントが流れてきた。

『失礼します。少々よろしいでしょうか』

『おん？』

『なんかお堅い文が流れてったぞ』

分かってるならちょっと静かにしてあげなよ。

「ん。なに？」

『その人捜し、こちらで引き受けさせていただきます。その代わりにお願いがございます』

「お願い？」

『あなたを是非とも正式に、我が国へとご招待させてください』

「ん……？」

えっと。なんだか、すごく変なこと言われた気がする。誰だろうこの人。

『日本国外務省外交官、渡辺春樹《わたなべはるき》と申します』

『ふぁ!?』

『ついにお国が接触してきた……！』

『えらいこっちゃえらいこっちゃ！』

『お前ら間違いなく楽しんでるだろｗｗｗ』

『むしろ楽しむ要素しかねえ！』

えっと。つまりは日本の偉い人、かな？　偉いかどうかはよく分からないけど、そんな感じの関係者ってことかもしれない。

あまり興味はないけど、でも師匠の家族を代わりに捜してくれるなら、それはとてもありがたい。捜し方すら分かってなかったからね。

だから、まあ。少しぐらいなら、いいかな？

「捜してくれるの？」

『全力を尽くします』

『さすがに見つけるとまでは言えないか』

『万一を考えるとリスクになるからな』

『ほーん。よく考えてる』

んー……。いっか。

「それじゃ、お願いします」

利用できるものは利用していこう。国そのものであろうとも。なんて、ね。


朝の配信を終えて、お昼過ぎに日本に転移。向かう先は真美の家。

ベランダに転移して中に入ると、真美とちぃちゃんが何かを食べていた。器に水がたっぷり入っていて、白っぽくて細長いものをすすってる。初めて見るものだ。

私に気付いた真美が、目をまん丸に見開いた。

「え？　リタちゃん、なんで？」

「なんでって……。来ない方が良かったの？」

「そうじゃなくて。配信見てたけど、政府の人は？」

「後回し。私は急がないし」

朝の配信の後、待ち合わせの場所だけ決めておいた。私の手が空いたら来てほしいと言われたから、先にやることをやっておこうかなって。

つまりはちぃちゃんへの魔法の指導だ。

「ええ……。いいのかな……」

「ん。問題ない」

確かに師匠のことは調べたいけど、教え子をほったらかしにすることはできない。そんなことをしたら、師匠に怒られるから。

でも、その前に。

「それ、なに?」

「おうどん。食べる?」

「食べる。食べたい」

先にお昼ご飯だ。

真美は苦笑しながら立ち上がると、ちょっと待っててねと部屋を出て行った。残されたのは、私とちぃちゃん。

ちぃちゃんはふうふうと冷ましながら、おうどんというのを食べてる。ちゅるちゅるとすすっていて、なんとなく美味しそう。すごく気になる。

「ちぃちゃん。美味しい?」

「おいしい!」

にっこり笑顔のちぃちゃん。これは、すごく楽しみだ。

もぐもぐうどんを食べながらのちぃちゃんと話していたら、真美が戻ってきた。手のお盆には二人が食べていたものと同じおうどんというもの。それをテーブルに置いてくれた。

「はい、どうぞ」

「ありがとう」

早速食べてみよう。

半透明の水、湯気が立ってるからお湯かな。それに二人が食べていた白くて細長いものが入ってる。他には、えっと、なんだろうこれ。ちょっと茶色っぽくて、薄いやつ。食べてみれば分かるかな。

「いただきます」

しっかり手を合わせて、と。それじゃあ、早速。

お箸を使って、うどんを引っ張る。なんだかすごく長い。これをすすって食べればいいのかな？　ずるずるとすする。できたてだからか、少し熱い。でも食べられないほどじゃない。味は濃いわけじゃないけど、すごく食べやすいね、これ。美味しい。

「どうかな？」

「ん。美味しい」

「良かった」

嬉しそうにはにかむ真美。いや本当に、料理上手だね。本人曰く、レシピ通りに作ってるだけ、らしいけど。

「これ、なに？」

「え？　きつねあげだよ。うどんあげともいうかな。うすあげも聞くかも」

「ええ……。多すぎない？」

「あはは……。どこかの和菓子よりはましだから……」

どうして同じものにそんなにたくさんの名称があるのやら。

かじってみると、ほんのり甘い。あと、なんだろう。水の味？　それも混じってる、気がする。

「お水の味もよくする……」

「み、水……？　あ、うん。おだしの味、の方が他の人には伝わりやすいよ」

「おだし」

おだし。なんか師匠が言ってた気がする。すごく大事なものだって。

ちいちゃんと一緒にずるずるとうどんをすする。ちいちゃんはちゅるちゅるって感じだけど。ちいちゃんを見てたら、にぱっと笑いかけてくれた。かわいい。

「ところでリタちゃん」

「ん？」

「本当にこれ、待たせてもいいの……？」

「ん……？」

真美が指さすのは、テレビ。すごいよね、遠くのものをたくさんの人が見れる機械だって。魔法みたいだ。

いやそれはともかく。

緊急記者会見、話題の推定異星人と接触成功、この後会談の予定……、なんて文字が画面に出てる。あと黒い服を着た人が何かたくさんの光を浴びながら話してる。

うん。うん。うん。うん。いや、えっと……。

「なにこれ」

「あはは……。リタちゃんの少し前の配信からこの話題でもちきりだよ。ついに異星人との接触が、とか、実は壮大ないたずらでは、とか、実際に魔法が見れるとか、そんな感じで」

「うわあ……」

ええ……。そんな、話題にすることなの？　なんだか逆に怖いんだけど。この調子だと、待ち合わせの指定の場所もすごく人が多くなってそうだなあ……。

「もう行くのやめようかな……」

「ええ……。ほ、ほら。師匠さんの生家を捜してくれるんでしょ？」

生家とはまた違うかもしれないけど、そうなんだよね。それがすごく大きい。

「それに、ほら。リタちゃんが美味しいものを食べるのが好きっていうのもみんな知ってるから、きっとすごく高級な美味しいものが出るよ！」

「高級……」

高くて美味しいもの。うん。それも、いい。真美がいろいろ作ってくれるからわりと満足してるけど、高級なご飯はちょっと興味がある。

んー……。まあ、うん。よし。行こう。

でもとりあえず、今はうどんに集中だ。美味しいものはしっかり味わわないとね。

うどんを食べて、少し休憩してから、私は真美とちいちゃんに見送られて転移した。

転移先は東京上空。眼下に見えるのはたくさんのビル群。そのうちの一つの屋上が待ち合わせ場所。そこを見てみると、へりこぷたー？　が降りる場所のマーク？　そういうやつの真ん中に、真っ黒な服の人が三人ほど並んで立っていた。

その周辺を見てみたけど、他に人はいないみたい。テレビカメラっていうのかな。ああいうのもないみたいだ。気を遣ってくれたのかもしれない。

ただ、うん。空にはいたわけだけど。

ヘリコプターが何台か飛んでいて、そこからカメラが向けられていた。私を指さして何か言ってるみたい。あまり気分は良くないけど、気にするだけ無駄かな。視聴者さんたちも、マスコミがいても気にするなって言ってたぐらいだし。

おっとそうだ。配信しておこう。

手を振ると、見慣れた光球と黒い板が出てくる。早速コメントが流れ始めた。

『リタちゃん何やってんのｗｗｗ』
『テレビでめちゃくちゃ流れ始めてる』
『待たせてるのに配信を優先するのほんと草』
「ん。いやだって、私は視聴者さんの方が大事だし」
『リタちゃん……！』
『とぅんく……』
『こいつらチョロすぎない？』

将来が不安になるやつだね。

これで準備は完了。さて、行こう。

ビルの屋上をもう一度見ると、さすがに私に気付いてるみたいでこちらをじっと見ていた。目が合ったかと思うと、頭を下げてくる。なんだかちょっと恥ずかしいのでやめてほしい。

彼らの前に降り立つと、三人はまた頭を深く下げてきた。

「ようこそいらっしゃいました、精霊の森の守護者、リタ様」

「うわ……。なんでそれ知ってるの？　え？　そんなに前から私の配信見てたの？」

「もちろんです」

「ええ……。暇人なの……？」

あ、言葉に詰まった。さすがに失礼だったかもしれない。ごめんなさい。

『リタちゃんもしかして機嫌悪い？』

『いや多分純粋にそう思ってそう聞いただけだと思う』

『知ってるか？　言葉のナイフって悪意がない方が鋭いんだ』

『見れば分かるｗｗｗ』

こほん、と男の人が咳払いして、続ける。

「リタ様、軽食をご用意しております。いかがでしょうか？」

「軽食？　おやつ？」

「はい。おやつです」

「もらう」

おやつはすごく欲しい。是非とも欲しい。私が頷くと、男の人たちはなんだか優しそうな笑顔を浮かべた。なんなのかな。

男の人と一緒に建物の中に入る。この部屋は特に何もないみたいで、不思議な扉と階段があるだけだった。扉は、なんのやつかな。持つところがない。

「変な扉。なにこれ？」

「エレベーターです」

「えれべーたー……。エレベーター！」

エレベーターって、箱みたいな乗り物だよね。入って何かボタンを押したら、勝手に別の階に行ってくれるってやつ。すごい、一度乗ってみたかった。

「エレベーター、初めて」

「え」

『え』

『え』

『あー！　あー！　ほんとだ！　リタちゃん、エレベーターに乗ってない！』

『言われてみれば確かに！　車とか電車とかもまだ乗ってないやん！』

『しゃーない。リタちゃんの興味がほぼほぼ食べ物にいってるから』

便利な乗り物に興味はあるけど、やっぱり美味しい食べ物の方が重要だと私は思ってるよ。

それはともかく。男の人たちに先導されて、エレベーターの中へ。エレベーターは思ったよりも広くて、なんだか柔らかな絨毯みたいなのが敷かれていた。

男の人がボタンを押すと、エレベーターが下りていく。最初はゆっくり、だんだん速く。エレベーターの扉以外は透明な壁になっていて、建物の外の景色を眺めることができた。

空からの景色ほど良くはないけど、こういうのも悪くはない。それに、ここからの方が人の動きはよく見える。他の建物では人が行き交っていたり、机で何か仕事をしていたりと様々だ。

こうして見ると、やっぱりたくさんの人がいるね。本当に、たくさんいる。

すぐにエレベーターは一階に到着して、扉が開いた。

「こちらです」

先導されるままについていく。周囲にはたくさんの人がいたけど、誰もが周囲を警戒してるみたいだ。案内してくれる人って、偉い人だったりするのかな。

『違うぞ』

『多分リタちゃんの警護だぞ』

『わりと時の人になってるからなあ……』

「ふーん……」

それはつまり、迷惑をかけてしまってるだけのような気もする。でも、私が何を言っても多分変えないんだろうなっていうのは、なんとなく分かる。

だから、このままおとなしくついていこう。

そうして案内された先にあったのは、黒い車。そういえば車に乗るのも初めてだ。少し楽しみ。

「これ？　これに乗るの？」

「はい。そうです」

「車だよね。車って、乗ったら自動で動くんだよね。どんな感じなのかな。楽しみ。すごく楽しみ」

『わくわくリタちゃん』

『リタちゃんの自動車の認識が微妙にずれてないか？』

『自動といっても、運転する人は必要だよ』

でも一人いれば後は勝手に動くってことだよね。すごい。

あと車の周囲にも、小さな乗り物に乗った人がたくさんいる。これも、聞いたことがある。ばいく、だっけ。そうバイクだ。

あれも楽しそう。乗ってみたいけど、特殊な訓練が必要なんだっけ。残念だ。

楽しみな気持ちのまま車に乗る。後ろの席だ。私の両隣に案内してくれた人が二人座って、もう一人は前の右の席だった。丸い変なのが取り付けられてる。

その丸い変なのを握ると、車はゆっくりと走り始めた。

「おお……」

両隣に人が座ってるせいでちょっと見にくいけど、それでも窓から外の景色が見える。自分で飛ぶよりは遅いけど、それでもこんなに人が乗ってると考えるとすごく速い。

あと、あまり揺れない。のんびりして、寝ることすらできそう。これは自分で飛んだらできないことだ。すごい。

「車すごい……」

『魔女から見ても車ってすごいんやな』

『なんだろう、ちょっとだけ誇らしい気持ちになる』

『俺らが作ったわけじゃないけどなw』

『そうだけどｗ』

いやいや。地球の人はもっと誇ってもいいと思うよ。これは本当にすごいから。

「よろしいでしょうか、リタ様」

「ん？」

「防犯のためにも、一度配信をお切りいただけますか？」

「ん」

襲われないように、とかそんな理由かな。それなら仕方ない。

「じゃあ、一度切ります。また後で」

『はーい』

『がんばれリタちゃん！』

配信を切ると、光球と黒い板は消滅した。

「ありがとうございます」

「ん」

話し相手もいなくなったので、後はのんびり待つとしよう。乗り心地もいいし、眠たくなるし。うとうとしよう。寝ないようにだけ気をつけないと、ね。


車に乗って連れてこられたのは、大きなビル。すごくいいホテルなんだとか。エレベーターに乗って、案内されたのは最上階。とても広い部屋に通されてしまった。

「ここでお待ちいただけますか？」

「ん。どれぐらい？」

「おそらく、陽《ひ》が沈むまでには間に合うかと……」

「んー……」

待つことに問題はない。泊まったとしても、心配する人がいるわけでもないし。精霊様も心配はしないはず。だからまあ、いいかな。

「この部屋でなら配信してもいい？」

「部屋から出ないのでしたら大丈夫です」

「ん」

許可ももらえたので配信再開。

視聴者さんは部屋の様子にすごく驚いてるみたいだ。私も驚いてる。

広々とした部屋に、落ち着いた家具が並べられてる。部屋の中央には大きなテーブルと椅子があって、テーブルにはたくさんのお菓子が用意されていた。

「これ、食べていいの？」

「もちろんです」

許可ももらえたので早速食べよう。おお、なんかすごく高そうなチョコレートがある。これが有名メーカーのチョコレート、ていうものなのかな。よく分からないけど。

『メーカーをリタちゃんに言っても分からないだろうから省略して、金額の目安だけ』

「ん？」

『それ一粒で喫茶店のカツカレーが食べられる』

『ヒェッ……』

『マジで高いチョコだ……』

カツカレー。伝説の料理と同じ値段。それだけですごくいいものだっていうのが分かる。でもここにはたくさんあるけど……。本当に食べていいのかな。

入り口横で待機してる案内してくれた人へと振り向けば、笑顔で頷いてくれた。食べていいらしい。

それじゃあ、早速……。もぐ。

「んー……」

『どう？　どうどう？』

『俺たちも食べる機会なんてそうそうないから、すごく気になる』

『感想はよ！』

「えー……。ごめん。よく分からない。美味しい気もするけど……。んー……？」

もちろん不味《まず》いわけじゃない。濃厚な甘さの中にちょっとだけ苦みもあって、その調和がとてもいいバランスになってると思う。とても美味しいよ。美味しい、けど……。

「みんなからもらったチョコの方が好き」

魔法談義しながら、送ってもらった板チョコをかじって笑い合う、その時のチョコの方が美味しいよ。間違いなく。

『泣いた』

『そう思ってくれるだけでめっちゃ嬉しいんだけど』

『一人で静かに食べるより、みんなで楽しく食べる料理の方が美味しいのは当たり前だな』

そんなものかな。そんなもの、だろうね。楽しい方がやっぱりいいよ。

「でもいっぱい食べる」

『草』

『リタちゃんｗｗｗ』

『高級なお菓子なんてそうそう食べられないし、たくさんお食べ』

遠慮なく食べちゃう。おかしおいしい。


みんなからお菓子の説明を受けながらもぐもぐ食べていたら、誰かが部屋に入ってきた。案内してくれた人たちが迎え入れてるから、この人と話せばいいのかな。

振り返って見てみると、紺色の服の人だった。初老の男の人で、私のことを興味深そうに見つめてる。私は見覚えがないけど、視聴者さんは知ってるみたいでコメントの量が一気に増えた。

『いきなり首相？』

『本当にリタちゃん、かなり重要視されてんだな』

『リタちゃん、その人がこの国のトップだよ』

「トップ。王様？」

「いや、王様とは違うよ」

そう答えてくれたのは、首相さん。彼はにっこり笑って、私に手を差し出してきた。

「初めまして。内閣総理大臣の橋本司《はしもとつかさ》です。ようこそ、日本へ」

「リタです。魔女、です。よろしく」

手を握ってしっかりと握手。日本ではあまり握手の文化がないって聞いたけど、この人はやるんだね。嫌だってわけじゃないけど。

「遅くなってしまい申し訳ない。夕食はいかがかな？」

「ん……？　今何時？」

『夜の六時』

『良い子は寝る時間です』

『はえーよｗｗｗ』

六時。もうそんな時間なんだね。少し帰りたい気持ちもあるけど、でも夕食も気になる。きっと豪華なご飯だ。とても食べたい。

「食べたい」

「ああ。すぐに用意させるよ」

橋本さんが側の人へと目配せすると、すぐにその人が出て行った。取りに行ったってことかな。

「夕食の準備までに……。リタさんに確認しておきたいことがあるんだ」

「ん？」

「君は本当に、他の星から来ているのかな？」

事実確認、かな。私自身は間違いないと思ってる、というより違ったら転移の魔法がまともに発動しないから間違いないはずなんだけど、かといってそれをこの世界の人に言っても無駄だというのは分かってる。

でも、この世界の科学技術とやらで証明することもまた難しい、はず。アンドロメダ銀河を観測することはできても、その細部までは分からないみたいだし。

んー……。どうしたらいいんだろう？

「何が証拠になる？」

「ふむ。そうだね……。それじゃあ、シャボン玉の魔法を見せてもらえるかな？」

なんでそれ、と思ったけど、いい選択なのかも。

私がこの部屋に来て、ずっと誰かが側にいた。だから部屋に何かを仕込むことはできない。小さい炎を出すとかだと私が服の中に何かを仕込んでるかもしれないけど、部屋中にシャボン玉を出す魔法ならそれも難しい。

魔法の確認なら、確かに一番無難なのかもしれないね。

私は杖を手に持つと、術式を展開した。この程度の魔法なら別に杖なんてなくてもいいんだけど、気分の問題ってやつだ。魔女らしく、なんてね。

すぐに部屋中が色とりどりのシャボン玉で埋め尽くされる。橋本さんも案内してくれた人たちも、目を瞠《みは》って驚いていた。

橋本さんが手を伸ばしてシャボン玉に触れる。今回は特にシャボン玉を保護するようなことはしてないから、あっさりと割れてしまった。

「これは……。なるほど、本当にシャボン玉なのか……」

「むしろ他の何かに見えるの？」

正真正銘のシャボン玉だよ。ちいちゃんお墨付きだよ。気に入ってくれてるみたいで、たまに頼まれて使ってあげてるから。

「なるほど、魔法というのは事実みたいだね」

「ん。他の星、とかの証明にはならないけど」

「いや、十分だよ。ああ、十分だとも……」

そう言って、橋本さんは疲れたように天を仰いだ。いや、本当に疲れてるねこれ。やっぱりお仕事大変なのかな。プレッシャーもすごいだろうし。

『リタちゃん。首相の疲れはそういうのじゃなくてな……』

「ん?」

『だいたいリタちゃん由来やねん』

『本当に大騒ぎだったから』

『たちの悪い冗談とか、そっちの方がまだ楽だったんじゃないかなあ』

「あー……」

うん。本当に、私のせいですごく大変だったらしい。具体的に何があったのかまでは分からないけど、これはやっぱり私のせいかな。

「ごめんなさい」

謝っておくと、橋本さんは慌てたように視線を戻して、手を振ってきた。

「いやいや! 君が気にすることじゃない! むしろ私としては、日本に来てくれてありがとうと言いたいよ」

「そういうもの?」

「そういうものさ」

そう言うなら、私もこれ以上は気にしないでおこう。気にしたところで私には分からないし。

そこまで話したところで、夕食が運ばれてきた。

テーブルに並べられたのは、お盆みたいな……。そう、確か寿司桶《すしおけ》だ。大きめの寿司桶にたくさんのお寿司が並んでる。

お寿司。これも師匠がチャレンジして、そして一回で諦めてしまったやつだ。川魚でやるものじゃないって後悔していたのをよく覚えてる。

これが、ちゃんとしたお寿司。

「目の前で握ってもらうようにしようかと思ったんだけどね。まずは二人で話をしたいと思って、こうして持ってきてもらったんだ」

「へえ……。一応聞くけど、これってお寿司、だよね」

「ああ、そうだよ」

『日本人のソウルフード、寿司！』

『は？　ソウルフードは味噌汁《みそしる》だろうが』

『あ？　お茶漬けだろ何言ってんの？』

『バカヤロウ！　日本で独自の発展を遂げたカレーライスこそソウルフードにふさわしい！』

『はあ⁉　やんのかこら！』

『すっぞこらあ！』

「…………。そうるふーどかっこわらい」

「んふっ……」

あ、橋本さんが噴き出した。口を押さえて笑いをこらえてる。

コメントを確認するとこれがいいとかあれがいいとか流れていたから、とりあえず無視することにする。聞いていたところで無意味だよこれ。

今はそれよりもお寿司だ。師匠が作った失敗作じゃない。もちろん私はその失敗作も美味しかったんだけど、カレーライスとかを思い出すと、こっちの方がずっと美味しいっていうのは予想できる。だから、とても楽しみだ。

お箸を手に持って、お寿司を選ぶ。違いが分からないから、最初に目に入ったものを。少し赤っぽいピンク色のお魚だ。橋本さん曰く、サーモンらしい。

「こちらの醤油《しょうゆ》に少しつけてからお召し上がりください」

案内してくれた人が小皿を渡してくれた。黒い液体が入ってる。醤油、らしい。ちょんちょんと少しだけつけて、口に入れた。

「おー……」

師匠の失敗作とは全然違う。そもそも師匠が作ったものは、もしものためにと焼き魚を使っていた。でもこれは、生だ。生魚だ。本当に生のまま食べるんだね。びっくりだけど、ちょっとだけ感動。

ご飯は固く握られてるわけじゃなくて、噛《か》むと簡単に口の上でばらけていく。お魚も厚めに切られていて、すごく濃厚な味わいだ。ちょっとだけこってりしてる気がするけど。

でも、うん。

「すごく美味しい」

いや、本当に。すごく、すごく美味しい。

『見た目だけでもうまそうだしなあ……』

『絶対高いやつだぞこれ。一皿二百円とかじゃない。一貫千円とか、そんなやつ』

『リタちゃん、その一口でカツカレー食べられるよ』

「え」

え。待ってなにそれ。いや、確かに美味しいけど、そんなにするの……!?　確かにこれは高級料理だ。怖い。

「こ、このなんだかてかてかしてるのは……？」

『リタちゃんがびびってるw』

『寿司にびびる魔女』

『サーモンにびびる魔女』

『魚にびびる魔女』

そう言われるとすごく情けない感じになるね。よ、よし。お寿司は高級。でもこれは、偉い人のお金。おごり。私は味わえばいいだけ。ふふん。そう思うと、気が楽だね！

「もぐ……。うわ、すごい、お魚がとろける……。すごく濃厚。なにこれすごい……」

「ははは。大トロだからね。正直私のような年になると少し重たいけど、リタさんなら美味しく食べられるはずだよ」

「ん……？　ああ、年を取るとこってりしたものが辛《つら》くなるらしいね」

その辺り人族は大変だなと思う。私には無縁の話だ。

『ちなみにリタちゃん。大トロってサーモンよりとても高い』

「え」

『高級寿司の値段とか知らんけど、サーモンの倍はするんじゃないかな』

ええ……。なにそれこわい……。本当に、お寿司って高級なんだね……。

いやでも、本当に美味しい。高級なのもよく分かる。高いものには相応の価値があるってことだね。それはまあ、納得できる。

その後もたくさんのお寿司を食べた。遠慮なく。それはもう、遠慮なく。橋本さんが食べ終わっても食べ続けた。だって美味しいから。偉い人ならお金いっぱい持ってそうだし。

「あとお土産に少し欲しいです」

「ははは……。用意させておくよ」

苦笑いの橋本さん。さすがに少しだけ申し訳なく思うけど、許してほしい。食べる機会なんて滅多になさそうだしね。

『すごいな……。五十皿分は食べてるのでは……？』

『リタちゃんって小柄なのにマジで健啖家《けんたんか》だよな』

『いっぱい食べる君が好き』

『少し……黙ろうか……』

やっぱり食べ過ぎたのかな。いや、でも、今更だよね。うん。気にしないでいこう。

「それじゃあ、少し話をさせてもらえるかな」

「ん。どうぞ」

食後のお茶を飲みながら、橋本さんの話を聞く。あ、これが熱いお茶なんだね。少し苦いけど、これはこれで悪くないかも。

「捜してほしい人物の情報だけど、もう一度お願いできるかな？」

「橋本さんに言っていいの？」

「ああ。担当の者は配信で聞いているからね」

『マジかよ』

『国の偉い人が見てる配信』

『外国の偉い人も見てるみたいだけど』

『そう考えるとやべえ配信だなこれｗ』

私は外国のことはどうでもいいけど。日本語しか分からないから。

「名前は、コウタ。漢字も分からないし名字も不明。亡くなった時期は、心桜島の計画が発表されてから開発が始まるまでの間。これぐらい」

「なるほど。分かった、それで調べさせよう」

「よろしく」

どこまで調べられるのか私には分からないけど。でも私よりはきっと調べられるはず。

さて。私にとっては、むしろここからが本題、かな。

「それで、橋本さんは私に何をしてほしいの？」

ただでやってくれるとはさすがに思ってない。日本は人口がすごく多いって聞いてるし、そこから捜すとなるとすごく大変な作業っていうのは理解できる。

だから、その対価を考えると、何か無茶ぶりがあっても……。

「そうだね。特にはないかな」

「え」

あ、あれ？　ないの？　もっとこう、魔法を教えろ、とか、便利な道具をよこせ、とか言われると思ってたんだけど。

私の困惑が伝わったのか、橋本さんは笑いながら首を振った。

「私もファンタジーは大好きだけどね。かといって魔法を教えてもらうとなると、あまりにリスクが大きい。その知識を巡って戦争が起きる、なんてこともあり得るかもしれない」

「お、おお……」

『大げさやな』

『いや、わりとそうでもないだろ』

『あれ？　じゃあ、その、ちいちゃんまずいのでは……？』

『あの子は楽しい魔法しか教わってないからギリセーフ、と信じたい』

ちいちゃんに教えちゃったのは、考えなしすぎたかな。あの子については私の方で何か考えよう。

それにしても。

「本当にいいの？　何もしなくて」

「ああ。もちろんだよ。強いて言うなら、今後も配信を続けてほしいぐらいだね。あとは、時折こうして話し合いの場を設けてもらえたらと思っているよ」

「ん。まあ、それぐらいなら」

今日みたいにご飯をもらえるなら、私としても問題ない。あまり頻繁にやりたくはないけどね。

その後は本当に特に要望も言われることもなく、少しだけ今までの日本の感想を聞かれただけで解散になった。指定の場所まで送ろうかと言われたけど、それは断っておいた。面倒だし。


「というわけで、真美。もらった」

「う、うん……」

帰り際にすごくいいものをもらっちゃった。お寿司のお土産もそうだけど、それ以上に。

なんと、スマホだ！　スマートフォンだ！　すごい！

なんだか妙に優しげな笑顔の真美とお目々をきらきらさせてるちいちゃんへスマホを掲げて、私は言った。

「ててーん」

「何言ってるのリタちゃん？」

『ててーんｗｗｗ』

『なんの効果音だよｗ』

『ちいちゃんはちいちゃんでお箸を掲げて真似してるしｗ』

『ああありタちゃんもちいちゃんもかわいいよおおお！』

『まずいぞ錯乱兵だ！　衛生兵！　衛生兵！』

『衛生兵はお前だろうが！』

なんかコメントでコントが始まってるけど、気にしないでおこう。

スマホだよ。すごいよね。これ一つで遠くの人とお話しできるんだって。科学って魔法よりすごいのでは？

「科学ってすごい」

「うん。リタちゃん。魔法でもできるんじゃないの？　こう、念話とか、ないの？」

「あるけど、相手のことを知らないと使えないよ。数字だけで顔の知らない相手とお話しするなんて無理。しかもこれ、でまえ……？　ご飯も注文できるって聞いた。すごい。えらい」

「リタちゃんがすごく興奮してるのは分かったよ」

『大興奮やな』

『見ててちょっと微笑ましい』

『おもちゃを与えられた子供みたいｗ』

子供扱いはちょっと恥ずかしい。いやでも、だって、こう……。すごいから！

「当面の問題は異世界側で使えないことだね」

「当たり前だけどね？」

「だからちょっと、通話できるような魔法を作ってみる」

「何言ってるの？」

『ついにスマホが銀河すらこえるのか』

『技術革新やな！』

『技術革新じゃない上に通話できるようになっても出前は頼めないぞ』

通話だけでも十分だから。真美とかちいちゃんとかと帰ってからでもお話しできるって、夢があると思う。うん。やっぱりがんばって研究しよう。

「さて。明日の予定だけど」

『うわあ急に落ち着くな！』

『懐かしいネタやなあ……』

『次は東京とは違う場所かな？』

『大阪どう？　たこ焼きとか手軽で美味しいぞ』

まだ何も言ってないのに誘惑するのやめてほしいんだけど。

正直なところ、ちょっと迷ってたんだよね。このまま日本のいろんなところに行くのも悪くないなと思ってたけど、でも異世界の街を見てみたいって言う人もいるし……。

それに、ミレーユさんにも迷惑かけたし、謝りに行かないと。

「明日はちょっとミレーユさんに会ってくるよ」

「あ。じゃああっちの街に行くってことだね」

「ん」

『そういえば転移で街に送ったままだっけw』

『本来はリタちゃんのための依頼だったのになw』

『ミレーユさん、ギルマスさんになんて説明してんのかね』

やめて。ちょっと、こう、お腹痛くなるから。

いやほんと、かなり申し訳ないことをしたと思ってる。よくよく考えるとあれはひどかったかなって。ちゃんと謝らないと。

「怒られるかな……？　すごく怒られるかな？」

「ど、どうだろう……？」

『びびりリタちゃん』

『いくらなんでもびびりすぎやろｗ』

『いうて向こうもある程度事情は知っとるんやし平気やろ』

それだったらいいなあ……。理不尽に怒られたなら私も怒れるけど、依頼を投げ出しちゃったのは私だし。ギルマスさんも呆れてるかも。

「あー……」

「そんなに嫌なら、えっと……。別の街に行くようにしたら……？」

「だめ。それは嫌なことから逃げてるだけ。ちゃんとごめんなさいする」

「ふふ。そっか」

「ん」

『リタちゃん、ええ子や』

『偉いなあ……』

『なお実年齢不詳』

『やめたれ』

いや、うん。だからこそだよ。うん。

とりあえず、そろそろ帰って……。

「あ、リタちゃん」

「ん？」

「せっかく夜だし、夜景でもどう？」

「あ」

そうだそうだった！　日本の夜はきらきらしてて綺麗なんだよね。是非とも見てみたい。

真美に案内されて、私が最初来た時に入ってきたベランダへ。ベランダに出て、外の景色を眺める。

「おー……」

民家の明かりがたくさんある。なるほど、これはまあなかなか……。

「東京とかならもっとすごいんだけどね」

「ん……。よし行こう」

「え」

真美の手を取って、転移。転移先は東京のビルみたいなの。なんとかツリーのてっぺんだ。わりと分かりやすいから転移にちょうどよかった。

「わ、わわ……!?」

急に転移したためか、真美がびっくりしてる。周囲を軽く見回して、足下を確認して、ひっと短い悲鳴を上げてしがみついてきた。

「りりりりたちゃんここどこどここ!?」

『たかいたかいたかいたかい』

『高所恐怖症のワイ、無事死亡』

『よかったな、天国が近いぞ。成仏しろ』

『助けてやれよw』

急に転移はだめだったみたい。せめて行き場所は教えた方が良かったかな。

真美に魔法をかけて、と……。

「これで大丈夫。落ちたとしても、浮く」

「ほ、本当に？」

「ん」

しっかり頷いてあげると、納得したのか私から離れた。それでも高いところが苦手なのか、私の手は握ったままだ。別に私はいいけどね。

「わあ……。すごい。絶景」

「ん。本当にすごい」

空の星は見えないけど、代わりに地上に星がたくさんある。それも数え切れないほどたくさんの。これら全てを人間が灯《とも》してると思うと、科学って魔法よりもずっとすごいと思う。

魔法は、術者しか使えない。魔道具なんてものもあったりするけど、それでも魔法よりも劣ってしまうし、数が限られる。

でも、科学は違う。最低限の使い方さえ分かれば、こうしてたくさんの人が使うことができる。すごいことだよ、これ。

個人の魔法、全体の科学、みたいな感じかな。

「リタちゃん、連れてきてくれてありがとう。ここは普通はまず入れない場所だから、すごく感動しちゃった」

「怖がってたのに？」

「それは言わないで。怖いで言えば今も怖いから」

そうだろうね。絶対に手を離そうとしないし。私は別にいいんだけど。

『てえてえ？』

『てえてえ』

『なんでもかんでも、そういうのに結びつけるのは良くないと思う』

『この二人、ふっつーに友達だろ』

『残念』

何が残念なのやら。

夜景に満足して真美の家に戻ると、一人置いていかれたちいちゃんが頬を膨らませて拗《す》ねていた。

いや、うん。ごめん。本当にごめん。今度はちいちゃんも一緒に行こうね……。

第四話

起床。家を出て、あくびをして、配信を開始。

「お菓子なくなった。ください」

『おはよう』

『挨拶ぐらいしようぜｗ』

『お菓子だな、まかせろ！』

打てば響く、みたいな返答。とても助かる。朝ご飯ができるよ。

少し待つと、私の目の前にたくさんのお菓子が並び始める。今日は和菓子よりもスナック系が多い。美味しいからこれも好き。

『まってまってこれ何が起きてんの⁉』

『これが噂の投げ菓子ってやつ？』

『どうやんの？　俺もやりたい』

『そういえば例の一件からご新規さんが激増してんだよな』

『そろそろまた魔法陣出したら？』

「ん……。そうだね。そうする」

あちら側で私の配信を見る時にどうやって見るのか、実は私はあまり知らない。ただ投げ菓子用の魔法陣は、私が見せたのを、きゃぷちゃ？　なんか、そんなやつ。それで印刷するんだとか。

ちなみに印刷方法を視聴者さんに教えたのは師匠であって私じゃない。私はむしろ分からないから、分からない時はあちらで相談しあってほしい。

杖を持って、杖の先に魔法陣を表示させる。それを光球に向ける。

「この魔法陣をどうにかして紙に出して。ちなみに手書きはまず無理だと思うから、印刷ってやつをちゃんとしてね。その上で、私が魔法陣に魔力を流すと、魔法陣の上のお菓子が回収される」

『なるほど理解』

『ただし原理がまったく分からない』

『そんなん言い始めたら魔法が意味不明だ』

『それもそうだな！』

それで納得するんだね。

スナック菓子の袋を開けながら待っていると、菓子がまた増え始めて……、

「いや待って待って！　多い多い！　終了！　終了！」

すごい量になってるんだけど！　一瞬ですごい量になったんだけど！　え、え、なにこれ!?

こんもりと山になってる。数えるだけでも億劫《おっくう》だ。とりあえずアイテムボックスの中に突っ込んでおこうかな……。

「でもなんで急に増えるの？」

『マジで言ってる？』

『視聴者数が激増した上に魔法陣を出して全員に行き渡らせた。じゃあとりあえず試してみよう、と思うのが人情』

「そんな人情捨ててしまえ」

『ひどいwww』

アイテムボックス内は開いてる時以外は時間がほぼ停止してるから、とりあえず腐ることはないはずだけど……。それにしても、消費するのが大変だ。

「もう少し何か考えた方がいいかな……」

『まあそれは確かに』

『正直あの量はちょっと引いた』

『リタちゃんのお家の天井に届く量だったからなw』

気持ちはとても嬉しいんだけどね。本当に。


今日はこちら側でお出かけするから、精霊様にお菓子を押しつけ……、もとい、挨拶に来た。

「リタ。何か今、変なこと考えていませんでしたか?」

「気のせい。すごく量が増えたお菓子を少し押しつけようとか思ってない」

「リタ!?」

『リタちゃんwww』

『正直なのはいいことだけどw』

『まあまあ、精霊様も食べてくださいよ……へへへ……』

『怪しすぎて草』

なんか毒でも入れてそうな言い方だね。

実際は毒とか入れていた場合、魔法陣が弾くから私のところには届かないらしいけど。

「冗談は置いといて。ちょっと近くの街に行ってくる」

「分かりました。ミレーユという者に会いに行くのでしょうか？」

「ん。そう。……え？　もしかして、関わるのはまずい人？」

「いえ。大丈夫ですよ」

良かった。安心した。そんなに改めて聞かれると、関わり合いになるなとか言われるかと思ったよ。私が気付かなかったことがあったのかもって。

問題ないのなら、このまま会いに行こう。もう空を飛ぶ必要もないだろうし、門番の人に気付かれない程度に転移で近づけばいい。

精霊様に手を振って、一度森の出入り口へ転移。相変わらずとても静かな場所だ。

「それじゃ、街の上空に転移するよ。それとも空の景色を見たい人とかいる？」

『俺見たいかも』

『暇だからなあ、あの時間。それならさっさと行ってほしい』

『どっちでもいいよ。リタちゃんのしたいように』

んー……。コメントの比率は均等だね。それじゃあ、やっぱり転移かな。私としてはそっちの方が楽だから。

転移して、街の上空へ。今回は北門から入ろうと思う。こっちは並ぶとかを考えなくていいからね。今も、門はあるけど閉まっていて、兵士さんが見張ってるだけだ。

ミレーユさんと出た時は北門から出発した。戻るのもここからで大丈夫なはず。

ちなみに、北門は精霊の森に向かう人のためにある門で、ここから入るためには北門から出発したという記録が必要なんだとか。ミレーユさんから教えてもらった。

上空からゆっくりと下りていく。門の前でぼんやりしていた兵士さんは、私に気が付くと慌てたように直立した。

「お待ちしておりました！」

「え」

なんか、待たれてたみたい。なんで？

『ミレーユさんの手回しでは？』

『むしろそれしか考えられない』

『ミレーユ有能』

私としては意味が分からないんだけど。守護者だっていうのは、あまり広めてほしくないんだけど……。広めちゃったのかな？

「あの」

「はっ！」

「私のこと、何か聞いてる？」

「いえ。ただ、魔女の称号が与えられることが確定している、とだけ聞いています」

「そ、そうなんだ……」

確定、なんだ。依頼は失敗してなくても、一緒に帰らなかったから怒られると思ったんだけど。もらえるならもらいたいけどね。

こう、かっこいい称号とか欲しいし。

「私も二つ名、もらえるのかな？」

「おそらく間違いなくもらえるかと」

「んー……。ミレーユさんの灼炎ってかっこいいよね」

「格好いいですねぇ……」

うんうん。この兵士さんは話が分かる！　視聴者さんは理解してくれる人の方が少ないんだよ。

なんか、ちゅうにとかなんとか。

やっぱり視聴者さんの方がおかしいよね。間違いない。

『なんかごめんなリタちゃん……』

『いや俺らもかっこいいとは思うんだよ？　でもなあ……』

『いいのか!?　俺のこの封印をといて……！　俺が右腕の封印をといた時、貴様《きさま》らは……！』

『やめろおおお！』

『香ばしいコメント流してんじゃねえ！』

視聴者さんはいつも通りだね。たまに意味が分からないっていう意味で。

不思議そうに私を待ってくれている兵士さん。咳払いして、話を再開。

「ごめんなさい。それじゃあ、通っていい？」

「はっ！　もちろんです！　どうぞお通りください！」

「ありがと」

門を開けてもらったので、そのまま通る。普段は閉め切ってる門のためか、こっちの門は人が少なめだ。分厚い門だし、閉めてる間は安心なのかな。

北門側は比較的静かな区画だ。商店とかは少なくて、住宅の方が多いらしい。商人さんとしても、他の門に近い方が売りやすいのかな。

でももちろん何もないわけじゃない。屋台で串焼き肉を売ってる人もいるから。

「これください」

「まいど！」

『リタちゃんｗ』

『ふらふらっと寄っていったなｗ』

『美味しそうだけどｗ』

熱された鉄板で焼いてるだけなのに、すごく美味しそう。じゅうじゅうとした音が、なんかすごく、いい。

お金を渡して、軽く塩を振られた串焼き肉をもらう。一口大の大きさのお肉が四個も刺さってる。とってもお買い得。

『値段的にどうだったの？』

『銅貨を渡してるのは見えたけど』

『美味しそうだけど、高そう』

高いか安いか。んー……。

「分からない」

『え』

『ちょｗｗｗ』

『わからないんかいｗ』

「ん。あまり買い物しないから」

だいたいは森の中での自給自足だからね。足りないものがあったら精霊様が作ってくれたりするし。だから街での買い物なんて必要なかったから、相場っていうのはよく分からない。お金も師匠が残してくれたものだから、価値なんて分からないし。

でも私がお金を持っていても仕方ないし、持ってるお金はどんどん使っていきたいところ。

それよりも、私としてはお肉の方が気になる。

大きく口を開いて、お肉をかじる。一口大とは言ったけど、私の口には入りきらなかった。

『ちっちゃいお口かわいい』

『リタちゃんちっちゃくてかわいい』

『クールだけどちっちゃくてかわいい』

「ケンカ売ってるの？」

ちっちゃいちっちゃい言うな。少し気にしてるんだから。

お肉はなんのお肉なのかな。すごくやわらかい、とはさすがに言えないけど、でも食べられないほどじゃない。塩がしっかりきいていて悪くない、かな。

「でもちょっと、物足りない味」

『まあ住宅立地だから安価なものを売ってるだろうしな』

『見た目はすごく美味しそうだったけど』

『リタちゃんは日本の料理で舌が肥えてしまったのでは？』

それはまあ、否定できない。いやでも、これも悪くはないよ。うん。

お肉を食べながら歩いて、全部食べ終わった頃にギルドにたどり着いた。

扉を開けて中に入ると、中の人が一斉に私に視線を向けてきた。

『ひぇっ』

『なんかこわいw』

『みんなじっとこっちを見てるぞ』

『リタちゃん何をしたんだ！』

「いや何もしてないけど……。してないよね？」

すごく不安になることを言わないでほしいなあ。

「おお、なんだ嬢ちゃん、遅かったな」

私にそう声をかけてきたのは、このギルドに来た時に話しかけてきたおじさんだ。

「灼炎の嬢ちゃんから聞いてるぜ。とりあえずCランクから始めるらしいな」

「ん……？」

「Cランクって言えば、冒険者として一人前として見られるランクだよ。さすがは灼炎の嬢ちゃんが連れてきただけはあるな！」

「はあ……」

やっぱりミレーユさんに報告を任せたのが悪かったかな。できればAランクが欲しかったけど……。二つ名も欲しかった。かっこいいのが欲しかったな……。

『リタちゃんが露骨に残念そうなんだがw』

『おっさんとの温度差よ』

『でもCか。なんだかんだ特別扱いされると思ってた』

『俺も』

まあ仕方ないよね。特別扱いは他の人から反感を買うだろうし。うん、これでいいよ。うん。

……………。Aランク、欲しかったなあ……。

『リタちゃん、元気出して』

『おっさんが困ってるから』

『リタちゃんが元気なくなったせいでおろおろしてるのおもしろい』

そうだね。気を取り直そう。おじさんは何も悪くないんだし、困らせたくない。

とりあえずミレーユさんに戻ってきたって報告しよう。受付の人に聞けばどこにいるか分かるかな？

「ごめんなさい。用事があるので行きます」

「お、おう……。よくわからんが元気出せよ」

「ん。ありがとう」

おじさんから離れて、受付の方へ。受付の人は私の姿を認めると、何故か顔をこわばらせた。その反応はなんなの？

「お待ちしておりました、リタ様。ミレーユ様とギルドマスターがお待ちです。支部長室へどうぞ」

支部長室。えっと、前回話し合いをした部屋かな。いやその部屋しか知らないし、違ったらその時に改めて捜そう。

階段を上って、三階の支部長室へ。ノックをするとすぐに、入りなさいという声が届いた。

扉を開けて、中に入る。前回と同じ位置にミレーユさんとギルドマスターさんが座っていた。

「おかえりなさいませ、リタさん。お待ちしていましたわ」

「おかえりなさい。どうぞ」

二人に促されて、ミレーユさんの隣に座る。どうしてか、二人とも表情が硬い。

で、沈黙と。何この沈黙。静かすぎてちょっと困る。

『なんやろなこの空気』

『謎の緊張感』

『好き』

『変態はカエレ!』

なんだろうねこれ。何を待ってるんだろう私は。

少しの間じっと待つと、ギルドマスターさんが先に動いた。

「まずは謝罪を。あなたが、かの守護者様とは思いもせず……」

ああ……。ミレーユさんから聞いたんだね。それでそんな変な沈黙を……。

「こちら、Sランクのギルドカードです」

そう言って、金色のカードを渡してきた。さっきと話が違うような気がする。Cランクじゃなかったっけ?

「Cランクじゃないの?」

「他の冒険者から聞きましたか。最初にSランクにすると妙な軋轢《あつれき》を生みかねませんから。なのでCランクとさせていただきましたが、ギルドの職員には真実を伝えてあります。Sランクの依頼も問題なく受けることができます」

「おー……。それはすごく嬉しい、です。ところで」

「はい」

「なんで敬語なの？」

「………」

あ、ギルドマスターさんの頬がおもいっきり引きつった。

『やめたげてよお！』

『平民とかかと思って話していたら上司よりやばい人だったでござる』

『ギルドマスターさんの胃が心配』

ん。だめらしい。でも私としては普段通りがいいなあ。

そう言うと、ギルドマスターさんは安堵のため息をついた。

「そう言ってもらえると助かるわ。精霊の森の守護者だったって聞いて、正直生きた心地がしなかったから」

「なんで？」

「だって、あなたの意思一つで世界の魔力の流れを変えられるでしょう？　この周辺に流す魔力を減らされると、農作物が育たなくなるから」

待って。いやいやちょっと待って本当に待って。

『マジかよリタちゃん最低だな』

『幻滅しました。リタちゃんのファンやめます』

『リタちゃんだけはそんなことしないと信じてたのに……！』

「いや本当に私知らないから。何その不思議能力。聞いてるだけでやばいって分かるよ」

小声でそう言っておく。本当に知らないからそんな能力。

それとももしかして、私が知らないだけだったりするのかな……？

「そういうことはしないです」

「そ、そう？　それなら安心したわ」

分かってもらえた、でいいんだよね？

分かってもらえたなら、このカードは一度返却かな。守護者だからの特別扱いみたいだし。

「このカードはどうしよう？　私は、Cランクからでもいいよ？」

「それはそのままでいいわ。実力は申し分ないもの」

というわけで、私のランクはSで確定ということで。でも他の冒険者さんと話す時はCランク、ということになった。

ちょっと分かりにくいけど、私も他の冒険者さんに恨まれたりしたくないから、そっちの方が助かるね。

「話は決まりましたわね！」

そこで今まで黙っていたミレーユさんが声を張り上げた。なんだかすごくわくわくしてるように見える。続きを待っていると、ミレーユさんが叫んだ。

「リタさんの二つ名を考えますわよ！」

「そうね。考えましょう」

「え」

『ついにリタちゃんにも二つ名と称号が……！』

『やべぇわくわくしてきた！』

『てか二つ名って自称なのかよｗ』

私としてもそれがびっくりだよ。てっきり誰かからの評価で呼ばれるようになるとか、そんな感じで思ってたし。

「二つ名って自分で考えるの？」

そう聞いてみると、ミレーユさんは少しだけ呆れたような顔になった。

「だってリタさん、誰かに評価されるほど活動していないでしょう」

「………」

『ですよねー！』

『今のところ精霊の森の調査しかしてないからな！』

『しかも報告はミレーユさん任せだったから実質何もしてないｗ』

改めて言われると、だめだめだね。ただ、その、自称となるとちょっと恥ずかしい。誰かから呼ばれるようになった、とかはかっこいいって思えるけど、自称って……。

「まずはわたくしから提案ですわ！」

「ど、どうぞ……？」

なんで殲滅とかそんなのが出てくるの⁉　殲滅なんて連想されるようなことしてないはずなんだけど……。

「だってリタさん、精霊の森の上空を飛んでいた時、ワイバーンを次々に撃ち落としていたらしいじゃありませんか。精霊様が教えてくれましたわ」

「何やってるの精霊様……」

話しちゃだめとは言わないけど、話す必要もなかったと思うよ。むしろちょっと暴走してたと今なら思うから、黙っておいてほしかったぐらい。

『バーサーカーリタちゃん』

『はえー。そんなことなってたんやな』

『ぶっちゃけ速すぎてよく見えんかった』

わりと遠慮なくやってたから、見えなくて良かったと思うよ。

「精霊様は娘を自慢するような感じでしたわ」

「あ、そう、なんだ……。うん……」

『てれてれリタちゃん』

『てれリタかわいい』

『ただしやったことは虐殺である』

いや、うん。それを言われると微妙な気分になる。でもちょっと嬉しかったりもする。

「待って」

「殲滅《せんめつ》の魔女！」

その後もいろいろと候補が出てきた。エルフで長く生きるだろうから悠久とか、私が特定の魔法の研究をしてると言ったら探求とか……。でもどうにも、二人の間でしっくりくるものはなかったみたいで、まだ話してる。

そろそろ一時間かな。正直、私は面倒になりつつある。

「森に帰りたい……」

私がそうつぶやくと、ミレーユさんがなるほどと手を叩いた。

「これですわ！」

「次は何……？」

「隠遁《いんとん》、ですわ！」

いんとん。隠遁。んー……。

「じゃあもうそれで」

『これは本当にめんどくさくなってるやつｗ』

『完全にリタちゃん置いてけぼりで話進んでたからなｗ』

『でもなんで隠遁？』

あ、それは確かに私も気になる。

ミレーユさんに聞いてみると、にっこり笑顔で理由を明かされた。

「だってリタさん、普段は森に引きこもっているでしょう？」

「………」

『ひきこもりｗｗｗ』

『現地人からも引きこもり判定w』

『草ァ！』

やめろ。やめて。いや、いや、え、あ、うん……。

えー……。

さすがにその理由はちょっとやだな、と思ってしまう。もうちょっと変えよう、と言おうとしたところで、

「隠遁ね。隠遁の魔女。あまり表に出ない魔女としてはなかなかいいのではないかしら」

「我ながら名案ですわ！　決定ですわね！」

うん。もう、いいや。

『リタちゃんが達観した……w』

『まあしゃーない』

『引きこもりは事実だしな！』

追い打ちやめてくれないかなあ……。

とりあえず隠遁の魔女で決定、ということで。これが日頃の行いってやつなのかな。いやこれが理由だと守護者は全員この二つ名になりそうだけど。

引きこもり。引きこもりかあ……。わりと出かけてるんだけどね。日本には、だけど。

『異世界側から見るとずっと森にいるのと大差ないのでは』

『出かけた先も真美ちゃんの家が多いしな』

『やはり引きこもり……！』

そろそろ怒るよ？

「さて、それでは隠遁の魔女殿に依頼があるわ」

「ん……？　いきなりだね……？」

「ええ。今後のためにも、分かりやすい実績が欲しいのよ」

精霊の森の調査でも実績としては十分だけど、いまいちすごさが分からないのだとか。特に内容のせいで。調査結果、つまり守護者の魔法の研究はあまり表に出せないらしい。

多分これ、私に配慮してくれた結果なんだと思う。ちょっぴり申し訳ない。

「内容によるけど、なに？」

「ええ。今度の依頼はSランクのものよ」

「Sランク……。ごめん今更だけど依頼のランク付けの基準が分からない」

「それならわたくしが説明しますわ！」

静かになっていたミレーユさんがいきなり叫んだ。退屈だったのかも。

ミレーユさんの話では、それぞれのランクの依頼はそのランクの冒険者がパーティを組んで取り組むものらしい。SランクならSランクのパーティで、AランクならAランクのパーティで、みたいな感じかな。

『てことは、Sランクの依頼ってかなり危険なのでは？』

『最高ランクがパーティを組んで取り組むってだけでやばそう』

『リタちゃん大丈夫？　無理したらだめだよ？』

心配してもらえるのはとても嬉しい。内容次第、だね。

「内容は？」

「精霊の森の生態調査よ」

みんな精霊の森に興味津々なの？

でも、少し気になる。生態調査をして何をするつもりなんだろうね。もしかして伐採とか、そういうのをしようと思ってるのかな？

「目的は？　手を出すつもりなら許さないけど」

「もちろんそのつもりはないわ！　むしろその逆よ！」

少し睨みながら言うと、ギルドマスターさんは慌てたように手を振った。

「守護者の話が伝説として扱われているように、精霊の森の危険度も言い伝え程度のものとして扱われつつあるのよ。だからこそ、改めて危険度を周知させるためにも、こんなに危ない魔獣がいる、というのを教えてほしいの」

「んー……。まあそれならいいけど。対策が無駄な魔獣もいるし」

対策のしようがない、とも言うけど。詳しくは言わないけど。

とりあえず、私のSランクとしての最初の仕事は、精霊の森の生態調査になった。正直、自分の住んでる森の調査とか意味分からないけどね。

「助手ついでにミレーユも連れて行って。Sランクの依頼はSランクの冒険者を最低二人にしないといけないから」

「ん。分かった。よろしくミレーユさん」

「正直気が乗りませんわ……」

相変わらずミレーユさんは怖がってる。一度行ったのに……、あ、でも世界樹と私のお家に入っただけだったね。じゃあ次で体験すればいいよ。

「それじゃ、早速行く？　今更だし転移で行くよ」

「そうですわね……。でもせめて街の外に出ましょう。不審がられますわ」

なるほど、それもそうか。

ギルドマスターさんに挨拶して、ギルドを出る。私とミレーユさんが一緒に一階に戻ると、どうしてかみんなの視線が突き刺さった。敵意とかは感じないけど、これは困惑、かな？

『Cランクのリタちゃんが S ランクと出てきたらやっぱり注目はされんじゃない？』

『もしかしたらパーティに誘ってくれようとしたのかも』

『あのおっさんとかなw』

んー……。そうかも。おじさんを捜すと、視線が合った。苦笑してる。

「灼炎の魔女さん。嬢ちゃんの研修か何かですかい？」

おじさんがミレーユさんに聞いて、ミレーユさんは笑顔で頷いた。

「ええ、そうですわ。わたくしの関係者なので、わたくしが教えることにしたのですわ」

「なるほど。あんたなら安心ですわ。嬢ちゃん、がんばれよ」

後半は私に向けての言葉だったので、とりあえず頷いておいた。

街を出て、転移して精霊の森の側へ。転移なら一瞬だからとても楽だ。

「調査ってどうやるの？」

「リタさんが思いつく限りのことを話してくだされればいいですわ。こちらでまとめますから」

「んー……。じゃあ、お家でやる？」

「できれば実際に見てみたいのですが……」

「ん。了解」

それじゃ、さくさくっとやっていこう。


「フォレストウルフ。森の外にもいるらしいね」

「サイズが違いすぎますわ！　でっかいですわ！」

「食べるとちょっとまずい」

「食べる!?」


「サンドワーム。でっかいミミズ。地中からいきなり食いに来るから気をつけてね」

「人間なんて丸呑みじゃないですの……。リタさんはよく平気で捕獲してますわね……」

「食べるとわりとおいしい」

「なん……ですって……!?」


「おなじみワイバーン。炎吐いたり電撃落としたり風の刃を起こしたりするよ」

「待ってくださいまし。よく見るとこれも大きいですわ。外のドラゴンぐらいあるじゃありませんの。というより攻撃方法が多彩すぎません？　え？　ドラゴンより強くありません？」

「食べるとすごく美味しい」

「あなたもしかして評価基準に味が入ってません!?」


『数十種類の魔獣を一緒に見てきたけど……その……なんだ……』

『食べた時の感想が必ず入ってるのにちょっとヤバさを感じた……』

『弱肉強食の世界ってこういうことなんやなって』


日もすっかり傾いて、森の中はとても薄暗くなった。ミレーユさんにもだいたいの魔獣を伝えられたと思う。ミレーユさんはやつれてるけど、仕方ない。

「想像以上に人外魔境ですわ……」

「ん。貴重な薬草いっぱいだよ？」

「お金より命ですわ」

そりゃそうだ。

さて。そんなミレーユさんには悪いけど、次が本番だ。むしろ私が伝えたいのは、ここからだ。

「植物も危険なものがたくさん……」

「ミレーユさん。次に行くけど、本気で警告する」

「な、なんですの？」

「今から会う魔獣とは絶対に敵対しないで。助けられない」

私がそう言うと、ミレーユさんはごくりと喉《のど》を鳴らした。

私は人間の魔法使いの中でなら最強格だと、精霊様からお墨付きをもらってる。人間全体で見ても、魔法を封じられなければ負けることはない、と。勝てることもない相手もいるらしいけど。

でも、それは人間の中での話。魔獣たちを含めると、少し変わってくる。

「私は精霊の森の守護者だけど、森で一番強いわけじゃない」

「そ、そうなんですの？」

「これから会う二体の魔獣は、私よりも明確に格上。勝てない。絶対に」

ミレーユさんが顔を蒼白《そうはく》にしてしまった。脅しすぎたかもしれないけど、嘘は言ってない。その魔獣が暴れることがあれば、精霊様が自ら鎮圧に動くほどだ。

もっとも、二体とも理知的で、仲が悪いってこともないから暴れることなんてまずないけど。

『多分あれだよなあ』

『あれは画面越しでもマジでやばい』

『まってまってすごく気になる、え、ほんとにやばいやつ？』

『トイレ行った方がいい？』

『ご新規さんは行っとけ。本気で』

『マジかよ』

初めて配信で紹介した時は阿鼻叫喚だったよね。懐かしい。

そう話してる間に到着。世界樹の西の地下空洞。そこでのんびり惰眠を貪《むさぼ》る魔獣の王の一体。

水の音だけが響く静かなその洞窟《どうくつ》で、彼は今日も眠ってる。とても巨大なドラゴンが。

「な、なんですのこれ……!?」

ミレーユさんもびっくりしてる。まあ、そうだよね。

何せこのドラゴン、目の大きさですら私たちより大きいから。

うん。つまり、ドラゴンが目を開いた。

「おお……。久しいな、守護者殿。何用だ？」

重く響くドラゴンの声。その声だけで威圧感がすごい。

「ん。ちょっと挨拶だけ。調子はどう？」

「問題ないとも。守護者殿も元気そうだ」

「ん」

「先代殿は元気か？」

「師匠は、その……。亡くなったって……」

「なんと……」

ドラゴンが目を見開いて、そして静かに閉じた。短い黙祷《もくとう》の後、再び目を開く。

「残念だ。至極、残念だ。守護者殿、何かあれば、無理をする前に声をかけておくれ。必ず力になろう」

「ん。ありがとう」

ドラゴンはにっこり笑って頷くと、また目を閉じた。そのまま動かなくなって、寝息だけが聞こえてくる。この子、基本的にずっと寝てるからね。何もしなければ無害だよ。

「あの……リタさん……」

「ん。とりあえず出よう」

転移で地上、お家の前に戻る。戻った直後に、ミレーユさんはその場に座り込んでしまった。呼吸もすごく荒い。初めて会ったらこんなものだ。

コメントは……まあ、ちょっとだけ阿鼻叫喚。叫んでる人も経験者がなだめてる感じだね。

「さっきのドラゴンは……なんですの？」

「原初のドラゴン。彼に種族名はない。全てのドラゴンの始まりであり、全てのドラゴンの頂点」

「なるほど……」

『テンプレっちゃテンプレだけど、現実にいるとなるとマジでやばすぎる』

『リタちゃんですら絶対に勝てないって言うぐらいだからな……』

『でもかっこよかった』

『それなｗｗｗ』

視聴者さんの立ち直りはわりと早い。直接見たわけじゃないから、かな？

「ちなみに名前がないって言ってたから私がつけてあげた」

「え？」

「ゴンちゃん。あの子の名前。名前をつけられるのは初めてだって喜んでくれた」

「ええ……」

そんなにどん引きした顔をしないでほしいんだけどなあ。

『マジで喜んでたの？』

『マジだぞ。しっぽびったんびったんしてたから』

『暴れてると勘違いして精霊様が大慌てで駆けつけたからなｗ』

『なにそれ見たいｗ』

あの時の精霊様は本気で慌ててたからね。事情を説明したらすごく呆れられたけど。そんな精霊様を見てゴンちゃんがさらに大笑いして地震が起きて、精霊様が本気で怒ってゴンちゃんが平謝りしていた。ちょっと楽しかったよ。

「で、もう一体いるわけだけど」

「も、もういいですわ！　十分ですわ！」

「ん……？　でも生態調査なんだよね？」

「そ、そうですけれど！」

『もう逃げられないぞ（はぁと）』

『がんばれミレーユさん、見えないだろうけど応援してるから……』

『ところでもう一体はみんな知ってんの？』

『師匠さんの代から見てる人なら、かな』

ん。私が配信するようになってからだと、ゴンちゃんぐらいだったと思う。ゴンちゃんで怖かったっていう人が多かったから避けてたんだよね。

でも、今日は仕方ないよね。生態調査なんだから。

『あれ？　これ逃げられないのって俺らなのでは？』

『お、そうだな。画面切って逃げてどうぞ』

『ばかやろう！　俺は見届けるぞお前！　ちゃんとトイレに駆け込む用意もしておいた！』

『かっこいいのか悪いのかこれもうわかんねえなｗ』

かっこ悪いと思うよ。

ミレーユさんを見る。深呼吸して、気持ちを整えてるみたいだった。少しして、意を決したように私へと頷いた。

「準備できましたわ！　覚悟できましたわ！　行きますわよ！」

「ん。じゃあ、呼ぶね」

「え？」

『呼ぶ？』

『行くんじゃないの？』

あの子の場合は、呼ぶのだ。

杖を上空へと構え、魔力をこめる。術式をイメージして、魔力を流して起動。そうして杖の先から放たれるのは、真っ青な火柱だ。

「あら。綺麗ですわね」

感心したようにつぶやくミレーユさん。でもその表情は、すぐに引きつることになった。

私が火柱を上げてからほぼ一分。その子が上空から姿を現した。

炎がそのまま大きな鳥になったかのような魔獣。この子も大きくて、多分私のお家ぐらいの大きさはあると思う。炎の鳥は、静かに私たちを見下ろしていた。

「ままま、まさか不死鳥⁉」

『不死鳥だあああ！』

『フェニックスってやつですね！』

『やべぇリアルで見るとマジでかっこいい！』

うんうん。みんな驚いてくれてる。この子はゴンちゃんと違って、威圧感はあんまりないからね。

私が手を上げると、不死鳥が口を開いた。

「リタちゃんおひさー」

「フェニちゃんおひさー」

「ええ……」

『かっる』

『不死鳥さんめちゃくちゃ軽いな……w』

『ゴンちゃんからの落差よ……』

この子はまあ、うん。こんな子だ。師匠に紹介された時からとても気安かった。

「かわいいでしょ？」

「えっへん」

「…………」

『かわ……いい……？』

『ミレーユさんがすごく反応に困ってるw』

『今回ばかりは異星人と気持ちが一つになった気がする』

かわいいと思うんだけどなあ。ゴンちゃんも含めて。

「それでリタちゃん、何か用？」

「ん。ごめん特にない。あ、お菓子余ってる。いる？」

「いる！」

フェニちゃんが下りてきて、顔を下げて口を開ける。大きなその口に、手持ちのお菓子を放り込んであげた。とりあえずチョコレートだ。

「おー……。あまーい！　うまーい！」

「ん。すごく美味しいやつ」

もっぐもっぐと食べるフェニちゃん。やっぱりかわいい。確かに大きいけど、でもかわいいのはかわいいよ。

「こんな感じで、お菓子がたくさん余ったらフェニちゃんとさっきのゴンちゃんに食べてもらってる。二体とも、すごく美味しいって」

『お、おう』

『地球のお菓子は異世界のモンスターにも通用するのか……』

『お菓子すげえ』

美味しいからね。すごいことだと思う。

「それじゃあ、フェニちゃんありがとう。気をつけて帰ってね」

「ありがとー。いつでも呼んでね。リタちゃんのためならいつでも駆けつけるから」

「ん」

「じゃねー！」

大きく翼を広げて飛び去るフェニちゃん。飛び去る姿はとても美しくて神秘的だ。飛び去る姿は、ね。話していて楽しい子だけど、言動を知ってると神秘的にはさすがに結びつかないからね。

「というわけで、さっきの子が不死鳥のフェニちゃん。あの子もすごく長く生きてる魔獣で、私だと勝てない」

「はあ……。肝に銘じておきますわ……」

「ん。そうしてほしい」

そもそもとしてあまり下りてこない子だけど、それでも怒らせたらだめな子だからね。

『精霊の森ってやっぱ危険なところなんやな』

『ところでフェニちゃんって、さっきの鳥のことだよね？』

「ん。フェニちゃん」

『フェニックスからかな。分かりやすいけど……』

『リタちゃんのネーミングセンスよｗｗｗ』

む。二体とも気に入ってくれたから問題ない。間違いない。

「ミレーユさんは大丈夫？　これでだいたい全部だけど、まとめられそう？」

「が、がんばりますわ」

すごく疲れたような顔をしてるけど、大丈夫かな。まあ……、大丈夫か。

せめて集中できるように、今日は私のお家で一泊することにした。


私のお家のリビングで、ミレーユさんがたくさんの紙にひたすらに文字を書いていってる。かりかりかり、と文字を書く音だけが部屋に響いてる。

「このかりかりって音、好き」

『わかる』

『なんか落ち着く』

『でも退屈』

それは否定しない。

夕食の時以外、ミレーユさんはひたすら書き物をしてる。忘れないうちにまとめたいから、だって。忘れても聞いてくれたらいつでも答えるんだけどね。

ちなみに夕食はまたカレーにした。ミレーユさんから、あの時のご飯が欲しいです、なんて頼まれたら断れなかったよ。真美にまたもらわないと。

「ふう……。こんなものですわね」

そう言って、ミレーユさんはペンを置いた。テーブルに広げていたたくさんの紙を集めてまとめて、アイテムボックスへ。さすがに疲れたのか、ミレーユさんは少しぐったりしてる。

「お疲れ様。手伝わなくてごめん」

「気にしなくていいですわ。わたくしはこういったことに慣れていますもの」

「ふーん……」

慣れてる、ね。依頼でなのか、それとも別の何かでなのか、ちょっと分からない。

アイテムボックスからコップを二つ取り出して、この森で採れる果物も出しておく。日本で言うところのみかんみたいな見た目の果物だ。

『出たわね』

『みかんもどき』

『なにそれ』

『精霊の森で広く分布してる果物。リタちゃん曰くすごく甘いらしい』

そう。すごく甘い。さすがにチョコレートほどではないけど、お菓子をのぞくと一番甘いと思う。

私は好きだけど、逆に人を選ぶかもしれない。

魔法でぎゅっとしぼってジュースにして、一つをミレーユさんに渡してあげる。ミレーユさんは目を丸くして、じっとそれを見つめてる。

「それ、まさか、みかんもどきですか？」

「ん……？　いや、えっと……。なんで適当に呼んでるその名前を知ってるの……？」

「賢者コウタが故郷の果物だと配っていたのですわ！　その時にそういった名前だと言っていたのです。また食べたいと多くの貴族が探し回っていますわよ」

「あー……。うん、なるほど……」

師匠本当に何やってるのかなあ!?

『これは草』

『あいつはなんのために森の外に出たんだよｗ』

『いやこれ、あいつのことだから、森の外側にないことを知らなかったのでは……？』

あー……。それ、あり得るかも。私もわざわざ精霊様に確認しようとは思わないし。

ミレーユさんはジュースを一口飲むと、ほっと息を吐き出した。

「やっぱり美味しいですわね……。これは精霊の森で採れるのですか？」

「ん。ただ、浅い場所だと少ないから、わりと危険だと思う」

「そうですのね……」

とても残念そうだ。多分自分でも採りに来たいと思っていたのかも。でもごめんね、ミレーユさんでも一人だと危ないと思うよ。

私はそれよりも、少し気になったことがある。ミレーユさんはさっき、やっぱり美味しいって言った。これって、前も飲んだことがあるってことじゃないかな？

「ミレーユさん、前にもこれ、飲んだことあるの？」

「ありますわよ。賢者コウタからいただきました」

「へえ……」

でもこれ、少量を配って、そして貴族が探してるってことは、師匠が配った相手って貴族なんじゃないかな。それでミレーユさんももらってるってことは……。

そこまで考えて、気付いてしまった。私は、ミレーユさんのことを全然知らないなって。

私のことは話したのに、ミレーユさんのことは全然知らない。不公平とかそんなんじゃなくて、ただ、なんとなく寂しいだけ。せっかく仲良くなったんだから、もう少し知っておきたい。

「ねえ、ミレーユさん」

「なんですの？」

「ミレーユさんのこと、聞いてもいい？」

私がそう聞くと、ミレーユさんは一瞬だけ目を瞠り、そして頷いた。

「ええ、いいですわよ。わたくしに興味がありますの？」

「ん。ある」

「そ、そう……。それなら仕方ありませんわね」

そう言ってそっぽを向いたミレーユさんの顔は、ちょっと赤かった。

『かわいい』

『やはりツンデレは至高』

『ツンあったか……？』

『こまけぇことはいいんだよ！』

何言ってるのやら。

とりあえず気になってることは、これかな。

「ミレーユさんって、貴族？」

「ええ、そうですわ。公爵家の長女になりますわね」

「ん……？」

『ちょ』

『まってまってまってまって』

『あかん声だけやとどっちかわからん！　公爵か侯爵かどっちや！』

「それは、すごいの……？」

「すごいかどうかはともかく、格としては一番上ですわね」

『公爵家じゃないですかやだー！』

『悲報、朗報？　ミレーユさん、マジで公爵家だった』

『リタちゃん一応説明しておくけど、王家の次の格と思ったらええ』

王家の次って、それって本当にすごく高いやつ、だよね。もしかしてとは思ってたけど、本当に貴族だったんだね……。

「貴族って、そうそう生活に困らないんでしょ？　ミレーユさんはどうして冒険者に？」

「そうですわね……。恥をさらすようで情けないのですが……」

そこでミレーユさんは言葉を句切った。唇を湿らすかのようにジュースを少し飲んで、続けてくれる。

「王子から婚約破棄されたのですわ」

「こんやくはき」

「はい。婚約破棄です」

なにそれ。意味が分からなかったのは、私だけだった。

『婚約破棄！』

『異世界テンプレキタアアア！』

『できれば生で見たかったなあ！』

すごく楽しんでるけど、なんとなく分かるよ。これ、当事者にとっては辛いことだよね。ミレーユさんもすごく辛そう……でもないか。薄く笑ってる。

ミレーユさんが言うには、ミレーユさんは幼い時から魔法の才能があって、ずっと磨いていたらしい。その魔法の才能が認められて、第二王子と婚約したんだとか。

政略結婚なんて貴族だと当たり前だから、ミレーユさんもこれには不満はなかったらしい。

ただ、その第二王子、すごく女好きだったらしくて、真実の愛に目覚めたとか言って他の貴族の子にも手を出したんだって。

『出たよ真実の愛』

『真実の愛ｗｗｗ』

『仮にそれが本当だとしても、婚約相手を蔑《ないがし》ろにしていい理由にはならんやろ』

ミレーユさんも何度か諫《いさ》めたけど聞き入れてもらえず、その上パーティのさなかに何も知らない罪をでっち上げられて、大衆の面前で婚約破棄を言い渡されたそうだ。

「さすがにまあ、わたくしも怒り狂いましたわね」

「ん……。ひどいね。ミレーユさんさえ良ければ、ばれない程度に呪いかけようか？」

「いえ、大丈夫ですわ。仕返ししましたので」

「あ、はい」

『アッハイ』

『なにそれこわいｗ』

「腹が立ったので無実の証拠を完璧に用意してお父様に託して、わたくしは家を出ました。つまりあの男は無実のわたくしを責め立て、不当に婚約破棄して、さらには、わたくしが言うのもなんですが、貴重な魔法の才能を持つ子供を外国へと逃がす原因を作った、ということですわね」

「う、うん……」

『こわい』

『すげえ真っ当に仕返ししてる……ｗ』

あまり詳しくない私でも分かる。それ、王子様の立場がすごく悪くなるやつだ。

でも、私としてはそれでもあまり納得できない。だって、それでもまだお城にいるんでしょ？

贅沢《ぜいたく》な暮らしをしてるんじゃないの？　ちょっと、やだな。それ。

「それでですね」

「あ、まだ続くんだね」

「え？　ああ、はい。もう少しですわ」

うん。黙って聞きます。

「冒険者として働き始めて少しして、王子が勘当されたと聞きましたわ。剣の才能はあったから、冒険者になったようですわね」

「冒険者になってるんだ……。会うの、嫌だなあ……」

「いえ、多分会うことはないですわ」

「え」

なんだろう、すごく不穏な気配が……。

「一年ほどして、そいつがわたくしに会いに来ましたわ。お前を取り戻せば俺は王家に戻れる、一緒に来い、と。もちろん無視したら、剣を抜いて襲いかかってきましたので……」

「う、うん」

「ぶちのめして憲兵に突き出しました。今頃奴隷になっているかと」

「そ、そうなんだ……」

『ヒェッ』

『わりと容赦なくて草』

『テンプレお嬢様とか言ってごめんなさいでした……』

その王子様の自業自得だけど、なんというか、すごいね。いやもちろん王子様の肩を持つ気はないけど。なんならその上で呪いかけたいけど。

「まあそんなわけで、わたくしは冒険者になっているのですわ。ちなみに一応、貴族の身分もまだ持っていますので、公爵令嬢かつSランク冒険者、ですわね。おそらく世界で唯一ですわね！」

『それはそう』

『むしろそんなやつが何人もいてたまるかw』

普通なら冒険者なんてやる必要ないはずだよね。波瀾万丈《はらんばんじょう》な人生だ。私としてはミレーユさんと知り合えたから良かったけど。

「話のついでに、リタさんに言っておきますわ」

「ん？」

「この先、貴族と関わることもきっと出てくるでしょう。あなたが必要だと判断したら、わたくしの名前を使ってくれて構いませんわ。灼炎の魔女の名はそれなりの力を持っています。伯爵程度の貴族なら黙らせられますわ」

それとこれを、とミレーユさんが渡してきたのは、小さなナイフ。柄《つか》に紋章が描かれてる。馬にまたがった騎士、がモチーフかな。かっこいい。

「バルザス公爵家の紋章ですわ。魔法がかけられていて、わたくしが持っていたものだとそれだけで証明できます。もし疑われたら、それも使ってくださって構いませんわ」

「ん……。ありがとう」

これは、すごく助かる。私はこの世界の人間社会を未だによく分かってない。だから、いざという時に使えるものは、できるだけ持っておきたい。

もちろん、ミレーユさんに迷惑がかかるのは分かるから、できるだけ使うつもりはないけれど。

「それじゃあ、私も」

ナイフみたいに渡せるものなんて私にはない。だから、私ができるのは約束だけ。

「もし何か手に負えないこととか、困ったことがあったら、精霊の森に来てほしい。入り口で私を呼べば、精霊様がこっそり案内してくれるから」

「それは……。いいんですの？」

「ん。私にできることは限られてるけど」

魔法によるごり押しとかぐらいしかできないと思う。ただそれでも、私の力が必要なら、遠慮なく頼ってほしい。

ミレーユさんのことは気に入ってるから、助けてあげてもいいと思ってる。

「ありがとうございます、リタさん」

そう言って、ミレーユさんは柔らかく微笑んだ。

『ええ話やなあ』

『わりとシリアスしてたから黙ってたぜ』

『おれもおれも』

そのまま黙っておいてほしかったと、ちょっとだけ思ったよ……。

翌朝。日の出とともに起床した私は、早速配信を始めるために外に出た。いつものように魔法を起動させる。

「おはよう。朝ご飯になりそうなお菓子をください」

『今日はちゃんと挨拶してる』

『挨拶できてえらい』

『でも要求がわりと無茶ぶりｗ』

難しいかなとは思うんだけどね。でも何かあるなら欲しいかなって。

「まあ、みんなに任せるよ。私が選ぶと、お菓子ならなんでもいいってなるから」

そう言いながらお菓子の回収を始めると、やっぱり大量に送られてきた。今回は予想できていたから早めに止める。送ろうとしてくれてたのに回収できなかった人は、ごめんなさい。

内容を見てみると、栄養がたくさん入ってるみたいなことを書かれているスティック菓子とかチョコバーとか、そういったものがメインだった。

あと、読めない文字のお菓子もある。明らかに日本語じゃない。しかも日本語がない。別の言語の国からなんだろうけど、ごめんね、読めないと怖くて食べられないよ。これは封印かな。

「たくさんのお菓子、ありがとう。ミレーユさんと食べるね」

『ええんやで』

『むしろもっと貢ぎたい』

『常時開放して、どうぞ』

『それやるとすごいことになりそうｗ』

同感だね。一週間もすれば精霊の森がお菓子で埋まるんじゃないかな。そう思ってしまうぐらいには、最近はちょっと多すぎる。

ゴンちゃんとかフェニちゃんも食べてくれるし、もう少しもらってもいいかも、とは思うけど。

『ところでミレーユさんはまだ寝てるの？』

「ん。リビングで寝袋に入ってる。師匠の部屋のベッドを使ってもいいって言ってるんだけどね。思い出を汚したくないって断られちゃう」

『やっぱミレーユさんはいい人やな……』

『そのミレーユさんを裏切った辺り、例のテンプレ王子の無能さがよく分かる』

『でもリタちゃん、それなら一緒のベッドで寝てもよかったのでは？』

それはさすがにね。少し恥ずかしいから。部屋を見られたくないっていうのもあるけど。

配信を続けながら黒い板を消して、室内に戻る。するとちょうどミレーユさんが起き出したところだった。

寝袋から這《は》い出して、大きなあくび。ゆっくりと伸びをして、振り返って私と目が合った。

「…………」

顔を真っ赤にするミレーユさんはちょっとかわいいかもしれない。

『かわいい』

『無防備いいぞこれ！』

『変態がいる……』

『オマエモナー』

みんな似たようなものだと思うよ。

「おはよう、ミレーユさん。これ、朝ご飯にどうぞ」

「あ……。ありがとう、ございます……。なんですのこれ？」

私がお皿に載せて渡したのは、チョコバーだ。栄養がたっぷりなチョコバーらしい。なんかそんなことが袋に書いてあった。

さすがに袋からは出してる。ミレーユさんなら秘密にしてくれそうだけど、念のため。

「チョコバー。美味しいよ」

「ああ……。チョコなんですのね、これ」

珍しいものを見るみたいに、チョコバーを上や横から観察してる。この世界にもチョコはあったはずだけど、もしかして高級品だったりするのかな。

確認しておけば良かったと思うけど、今更だ。

ミレーユさんはチョコバーを手に取ると、意を決したように口に入れた。

「もぐ……。これは、チョコとは思えない食感ですわね。ざくざくしていますわ」

「美味しいでしょ？」

「すごく美味しいですわ」

気に入ってくれたみたいで、あっという間に完食してしまった。

朝ご飯の後は、この後の予定について。ただ決めるようなことはあまりない。後はもう、報告に戻るだけだ。

「改めて思いますけれど、リタさんと仕事をすると、ある意味で時間の感覚が狂いそうですわ……」

「ん？」

「普通、調査の依頼が一日で終わるなんてあり得ませんわよ」

それは、うん。もともと私が詳しかったっていうだけだからね。楽に仕事ができたと思ってほしい。

『これもある意味で知識チート……なのか？』

『ちょっと違う気もする』

巡り合わせ程度に思ってほしいと思う。

「それじゃ、そろそろ行く？　また街の側まで転移するから、忘れ物がないように気をつけて。忘れ物しても気付いたら届けに行くけど」

「大丈夫ですわ。情報をまとめた書類も持ちました」

「ん」

準備完了、ということで。私も最後に部屋を見回して、忘れ物がなさそうなのを確認してから転移した。


街の側に転移して、門を通ってギルドへ。受付に行くと、すぐにギルドマスターの部屋に通してくれた。

そして、ギルドマスターさんは、

「すぐに終わらせるだろうとは思ったけど、一日で終わるとは思わなかったわ……」

ミレーユさんが提出した書類を確認しながら消え入りそうな声でつぶやいた。

『ですよねー』

『リタちゃんが入った時、忘れ物ですかって聞いてきたぐらいだもんなw』

『依頼の報告って聞いた時の唖然《あぜん》とした顔はある意味最高でした』

視聴者さんはいい趣味してるよね。もちろん悪い意味で。

ギルドマスターさんが黙々と確認してる中、私とミレーユさんは出してもらったジュースをのんびりと飲みながら待つ。日本のジュースと比べると甘さ控えめだけど、これはこれで悪くないと思う。

私たちがジュースを飲み終えて少しして、ギルドマスターさんも読み終わったらしい。書類をテーブルの上に置いて、頭を抱えてしまった。

「私はこれを上に報告するの……?」

「ん……。問題、あった？　信用がないのは、仕方ないけど……」

「ああ、違うの。それは問題ないわ。そのために二人に行ってもらったわけだし」

調査系の依頼は必ず二人以上で受けないといけないらしい。適当に嘘を書くような不正の防止が目的なんだって。だから二人そろって戻ってきた時点で疑ってはいないらしいけど……。

「リタさん、よくこんな森に住んでるわね……」

この言い草だよ。

『こんな森w』

『でも言いたい気持ちは分かるw』

『人外魔境の極みみたいな森だから……』

視聴者さんたちもひどい。でも否定はできない。

「ではこれで依頼は完了ということで、こちら、報酬よ」

そう言って書類を回収したギルドマスターさんが、重そうな布の袋を二つテーブルに置いた。ミレーユさんが先に手に取り、頷いてアイテムボックスの中にしまった。

私も袋を取って中を見てみる。えっと……。金貨でぎっしりだ。枚数は、さすがにちょっと分からない。ミレーユさんはあまり確認せずにアイテムボックスに入れてたけど、すぐに分かるものなのかな。

『経験を積めば分かるのかも？』

『いやさすがに無理だろこれは』

ミレーユさんを見てみる。何故か目が合って、ミレーユさんは小さく笑った。

「私を含めSランクはお金に困っていない人が多いので、調べないことの方が多いですわ。けれど気になるなら調べてもいいと思いますわよ。それぐらい待ってくれるはずですもの」

次にギルドマスターさんを見る。間違いないみたいで頷いてくれた。

「ですがギルドもSランクの信頼を裏切るようなことはしませんから。よほどの馬鹿《ばか》でもない限り、ごまかしたりはしないはずですわ」

「ん……。そっか」

それはそうかもしれない。ミレーユさんが騒いだら、すぐに噂が広まりそうだし。そうなったら、冒険者からも街の人たちからも信用を失って仕事がなくなる、かな？

それを考えると、ごまかす方がおかしいよね。

「それでは、これで精霊の森の生態調査、完了となります。お二方、ありがとうございました」

ギルドマスターさんが頭を下げてきたので私も慌てて下げておいた。ミレーユさんも少しだけ下げた。

んー……。これで今回の依頼は終了みたい。なんというか、うん……。

「つまんない……」

『ちょｗｗｗ』

『いや確かに仕事っていうより、実家案内だったけどｗ』

『もっとこう、冒険者っぽい仕事がしたいよな』

それだよね。お話に出てくるみたいな、掲示板で依頼を取って、薬草を集めに行く、とかそんなのをしたい。どうせならそういうのがいい。

「Cランクの依頼とかは受けてもいいの？」

セリスさんに聞いてみると、特に悩むそぶりもなく頷いた。

「もちろんよ。ただ、あまり下位ランクの子の仕事を奪わないように気をつけてあげて」

ほどほどに、てことだね。当然の配慮だとは思う。私もお金に困ってるわけじゃないし、余ってる依頼を選ぼうかな。

「それじゃ、私はもう行くけど……。いい？」

「ええ、もちろんよ。今後ともよろしくね、隠遁の魔女さん」

「ありがとうございました、リタさん。わたくしはこの街を拠点にしていますので、何かあればいつでも声をかけてくださいな」

「ん」

二人に小さく手を振って部屋を出る。二人とも笑顔で手を振り返してくれた。それが、なんとなく嬉しかった。

巡り合わせが良かっただけ、というのは分かってる。悪い人だってたくさんいるだろうし、ミレーユさんですら私に話してないことなんていっぱいあるはず。

それでも、とてもいい出会いに恵まれて、私はとても運がいい。

「んふー」

『リタちゃん機嫌いいなあ』

『リタちゃんが楽しそうで俺も嬉しい』

『でも次はもっと楽しい依頼がいいです』

わがままだなあ。でも、そうだね。次はもっと冒険者らしいお仕事を選ぼうかな。

第五話

生態調査の依頼を受けてから一週間。あの後、特に依頼を受けずに過ごしてる。他の人が受けなかった余ってる依頼を受けようと思ってたんだけど、楽しそうな依頼はなかったから。

なので今はのんびりだらだらと。真美の家でちいちゃんとだらけてる。いや、魔法を教えてるよ。

「じんわりあったかいのを感じられるようになったら、今度はそれを動かせるようになるのが目標。ただ、すごく時間がかかるから気長にやろうね」

「うん！」

自分なりに魔力を感じられるようになっても、そこからがとても長い。魔力を動かす、と言われてもどうやって動かすかになると説明できないからだ。

さっきちいちゃんの手を握って、実際にちいちゃんの魔力を動かしてあげた。でもそれは動いたらどうなるかが分かるだけ。結果は分かっても方法が分からないってことだね。

これぱっかりは自分なりのやり方を見つけるしかないから、ちいちゃんにはがんばってほしい。

「ところでちいちゃん。真美は？」

「んー……」

あ、集中してる。邪魔しないでおこう。

私がここに来たのは一時間前だ。その時、真美はちょうど出かけるところだった。私を見て、少し迷ったみたいだったけど留守番を頼まれた。少し遅くなるとは言われたけど。

「んっとね……。にゅうがくしき、だって」

「にゅうがくしき……」

えっと。入学。学校に入ること、だね。そのための儀式みたいなものかな。楽しそう。

みんなで魔法陣を書いて魔法を使ったりとか……、ないね。魔法ないからね。

「ちいも明日からようちえん！」

「じゃあ、昼に来てもいないってこと？」

「うん」

そっか。それはまあ、仕方ないかな。二人だって生活があるんだから、私ばっかり拘束するのはだめなことだ。それぐらいは分かる。

でも、ちょっとだけ、寂しい。

「ああ、そうだ。ちいちゃん」

「んー？」

「ちょっとごめんね」

むむむ、とうなるちいちゃんの頭に手を置いて、用意しておいた魔法を発動。んー……。よし、大丈夫。これで安全。

「あとは真美かな」

急ぐ用事もないし、のんびり待とう。

以前視聴者さんからもらったお菓子のグミをちいちゃんと食べる。食べながらテレビを見る。時間が時間だからかは分からないけど、ニュース番組をやってるね。

それを見てると、少しだけ恥ずかしい。

『異星からの来訪者、首相と会談』

『会談は和やかな様子で行われたと関係者が明かす』

『今後も継続して交流を図っていく方針』

私に関わるニュースが多い。多すぎる。ちょっと、うん。そんなに注目することなの？

なんとも言えない気持ちでグミをかじっていたら、ドアが開く音がした。

「ただいまー」

真美だ。ぱたぱたと走ってきて、すぐにこの部屋に入ってきた。

「リタちゃんごめん！」

「気にしなくていい。二人にも生活があることは分かってるから。それよりも」

「うん」

「こっち来て」

真美は首を傾げながらも、私の前で座ってくれた。その真美の頭に手を置いて、先ほどちいちゃんに使ったものと同じ魔法を使う。とりあえず、これで安心だと思う。

「リタちゃん、何かしたの？」

「ん。ちょっとした認識阻害。私に関わることは二人にたどり着かなくなる、はず」

かなり特殊な魔法だ。単純な認識阻害ならそんなに難しくないけど、条件付けがかなりややこしかった。細部の調整を精霊様に手伝ってもらったぐらいには。

本当は私一人で完成させたかったけど、あまり時間をかけすぎると問題の方が先に起こるかもしれないからね。それでも時間がかかりすぎたけど。

「なんだかすごい魔法みたい……？」

「がんばった」

「あは。そっか。ありがとう、リタちゃん」

「ん」

笑顔でお礼を言ってもらえると、がんばったかいがあったと思う。満足だ。

「それじゃあ、出かけてくる」

「うん。どこに？」

「未定。安価やる」

「そっか。前回は私の家に来てもらったし、今回は参加しないようにしておくね」

「ん」

私はどっちでもいいけど、真美が気にするならそれでいいと思う。

ちいちゃんにがんばってと声をかけて転移をしようとして、

「あ、ちょっと待って」

呼び止められたので、魔法を中断。真美を見ると、鞄《かばん》から何かを取り出した。

「これ、渡しておくね」

「ん……？」

銀色の細長くて平べったいもの。私が首を傾げると、真美はすぐに教えてくれた。

「この家の鍵。転移があるから必要ないかもしれないけど、一応持っておいて」

「ん……？　いいの？」

「うん。お母さんにも許可をもらってるから。いつでも使ってね」

どうしよう。本当にいいのかな。家の鍵って、日本ではかなり大事なものだったと思うんだけど。

真美を見ると、とびきりの笑顔だった。これは断れないやつだね。それなら、受け取って、絶対になくさないように気をつけよう。

「ありがとう」

お礼を言うと、真美は嬉しそうに頷いた。


真美の家から転移して、私がいるのはなんとかツリーの屋上だ。人がいないのでとても便利。

それじゃあ、配信開始。


「ん」

『ん』

『ちゃんと挨拶して？』

『こんにちはって！』

「今からどこに行くのかを安価で決めるよ」

『完全無視ｗ』

『安価!?　安価マジで!?』

『久しぶりの安価だー！』

『しかも今なら人が少ない！　チャンスだ！』

『人が少ない（万単位）』

『少ないとは』

たくさんだね。最近はいつ始めてもすぐに一万人こえるから、驚かなくなってきた。特に何もしない配信なんだけどね。それはともかく、行き先だ。

「最初に条件。日本国内。他の国に行くつもりはない」

『ですよねー』

『ニューヨークと言いたかった俺涙目』

『海外ニキは諦めてどうぞ』

何度も言うけど、言葉が通じないなら絶対に行かないよ。不便しかないだろうし。ただ逆に言うと、言葉が通じればどこでもいいってことだよ。

「それじゃあ……。私が手を叩いて十番目のコメントで」

『だから近すぎだよ！』

『絶対に一瞬じゃねえかw』

『さっさと終わらせる気まんまんやなw』

お昼ご飯、まだだからね。早く済ませて食べに行きたいと思ってる。それにこっちの方が私が分かりやすいし。

それじゃあ、手を上げて……。

『露骨にコメが減るのほんと草』

『ここからは反射神経の勝負……！』

『よっしゃいつでもこい！』

もう少しだけ待って、コメントがかなり減ったのを確認してから、手を叩いた。

『北海道《ほっかいどう》！』『山梨《やまなし》！』『富士山《ふじさん》』『琵琶湖一択』『たこ焼き』『ちゃんぽんとか美味しい』『奈良《なら》の大仏！』『香川《かがわ》』『原宿《はらじゅく》とか！』

『大阪やろ！』

『青森』『長崎《ながさき》、カステラうまい！』『宇都宮《うつのみや》』『どこかの離島とか』『鳥取砂丘！』

んー……。他にもたくさんあるけど、とりあえずは決定だ。今回は大阪だって。確か、大阪も大きい街だったっけ？

「大阪。大阪のどこに行けばいい？」

『大阪かあ……。狙ってたのになあ……』

『切り替えていこうぜ。大阪ならやっぱたこ焼きだろ』

『あとはお好み焼きとか串カツとか？』

『見事に食べ物しか候補に出さないの草なんだ』

『いやだってリタちゃん相手だし』

たこ焼き。師匠も作ってみたいって言ってた覚えがある。ただその時は、たこの代わりになるものが見つからなくて諦めてたはず。

「師匠が、ゲテモノの魔獣はいるのになんでたこは見つからないんだって嘆いてた」

『師匠さんｗｗｗ』

『チャレンジしようとはしたのかｗ』

『見つからなくてもしゃーない』

たこ。どんなのなんだろう。ちょっと気になる。

それはともかく、大阪だ。まずは正確な場所を調べよう。アイテムボックスからスマホを取り出して、と。

「ててーん」

『ててーん』

『ててーん、気に入ったの？ｗ』

『ついにリタちゃんにも文明の利器が……！』

大げさすぎない？

使い方は、真美から少しずつ教わった。真美曰く、まだ基本的な部分だけ、らしいけど。でも地図機能ぐらいは使える。

起動して、地図を開いて、お、お、さ、か……。

『なんだろう。すごく微笑ましい』

『一文字ずつ丁寧に入力するの、ちょっとかわいい』

『俺も最初はあんなんだったなあ……』

ん。よし、開いた。んー……。結構距離があるみたいだけど、だいたいは分かる。でも一応念のために、ある程度上の方、ビルの上空辺りを目指して転移しよう。

杖で床を軽く叩いて、転移の魔法を使う。ちなみに床を叩く動作は必要なかったりもする。

一瞬の浮遊感の後、私は空の上にいた。

「んー……。合ってるのかな……？　分かる人、いる？」

光球を地上へと向ける。私からすると東京も大阪も大差ないように思えてしまう。どっちも高いビルがたくさんの街だ。こんなにたくさんビルを造れるってすごいよね。

『ヒェッ』

『さっきよりも低いけど足場がないからこっちの方がこわい』

『なんかもう不安になるから早くどこかに下りよう』

そんなに心配しなくても落ちたりはしないんだけどね。もし仮に何かあって落ちても、このローブを着ている限り大丈夫だし。

でも高いところが苦手な人も多いみたいだし、移動しよう。どこに行こうかな。

『いきなり地上は避けた方がいいかも』

『人通り多いからな。みんなが一斉に立ち止まったら、誰かが怪我《けが》したりするかもしれない』

『右斜め前ぐらいにビルあるやろ？　あそこ商業施設だからそこがいい』

「ん」

頷いて、言われた方向を見る。屋上がちょっとした庭園になってるビルだ。人の姿もあるけど、すごく多いってほどでもないし大丈夫かな。

そちらに向かってゆっくり飛ぶ。落ちるように移動して誰かにぶつかったら怪我させちゃうから。

屋上の庭園に近づくにつれて、何人かが私に気付き始めた。

「うそ、あれってもしかして……」

「なんか人が飛んどる！　なんかやってんのか？」

「すっげ、マジで飛んでる！」

んー……。ちょっと恥ずかしいかもしれない。

『なんだろうこの優越感』

『その場にいるわけでもないのにちょっと、こう、くせになりますね……』

『空に花火打ち上げて注目集めようぜ！』

「いやしないよ」

『ですよねー』

それこそ危険だと思うから。

ゆっくり下りていくと、みんなが場所を空けてくれた。広くなったスペースに着地して、周囲を見回す。みんなが私を見てる。あとスマホを向けられて何かされてる。

スマホって確か写真が撮れるんだっけ。んー……。

「ん」

軽く手を振ってあげると、スマホを向けていた人が騒ぎ始めた。小声だからよく分からないけど、喜んでくれてるみたいだから別にいいかな。

『リタちゃんに手を振ってもらうとか羨ましいんだけど』

『俺も手を振ってほしい』

『カメラに向かって振ってほし……、いやむなしくなるだけだわ……』

視聴者さんたちは私に何を求めてるのかな。

とりあえず、そろそろ移動しよう。ここにいても騒がれるだけだろうし。

「案内よろしく」

『おっしゃまかせろ！』

『この役目は俺たちにしかできねえ！』

『リアル側にいる奴らじゃできない役目だからな！』

『これぞ優越感の極み！』

『まあ結局リアルでは見れないわけですが』

『やめろください』

今日はいつもよりみんな楽しそうだ。私もなんだかちょっとだけ楽しい。

コメントに表示される案内に従って、私は庭園を後にした。


庭園から出て、階段を下りて、ドアから建物に入って。行く先々にたくさんの人がいて、ほとんどの人が私を見てくる。しかも一部の人はついてくる。どうしよう。

「すごく人が多い……」

『そういや、人が多いところは今回が初めてか？』

『一応東京都内も歩いてるけど、あの時はまだ知らない人も多かったしなあ』

『テレビで取り上げられてから初めて行くのが大阪なのは、ちょっと難易度高かったかも』

もうちょっと人が少ないところを自分で選べば良かったかな。少しだけ反省するけど、でも今更なのは変わらないわけで。もうここまで来たんだし、たこ焼きはちゃんと食べて帰りたい。

『そこエレベーター。とりあえず一階まで』

「ん」

言われた通りにエレベーターの方へと向かう。待ってる人が何人かいたけど、私を見るとみんな驚いていた。ちょっと慣れてきたかもしれない。

エレベーターのドアが開く。中に入っていた人が出てくる時に私を見て、やっぱりびっくりして。そんな固まっている人を気にせず、エレベーターの中に入った。

「ん……？」

誰も乗ってこない。待っていた人たちも。

「乗らないの？」

私が聞くと、もともと待っていた人たちが慌てたようにエレベーターに入った。一の数字を押して、ドアを閉める。

「何階？」

「あ、その……。五階で……」

「あたしは四階を」

「俺は二階でお願いします」

「ん」

数字のボタンを言われた通りに押しておく。あとは待つだけ、だね。

「あの……」

声をかけられたので振り返ると、一緒に乗った三人が私を見ていた。

「リタさん、ですか？」

「ん」

「わあ……。あ、あの！　握手！　いいですか⁉」

「ん……？　いいけど……」

三人とそれぞれ握手。どうしてかみんな嬉しそうだ。よく分からない。

『あああああ！』

『くっそ羨ましいんだけど！』

『いいなあいいなあ俺もリタちゃんと握手したいなあ！』

私と握手して何が楽しいのかな。

五階、四階、二階と三人が降りていく。降りる時に思い出にしますと言われたけど、なんなのかな。不思議と乗ってくる人はいなかった。

一階で降りて、指示に従って歩いて行く。見られることにはそろそろ慣れてきた。

「本当に人が多い。これ、私邪魔してない？　大丈夫？」

『大丈夫！』

『ふっつーに観光してるだけだし気にしすぎさ』

「ふうん……」

それならいいんだけどね。

信号を待ってる間、やっぱりみんな私をちらちらと見てくる。他の人と違って目立つのは分かるけど、ね。

そうして信号を渡ったところで、

「あ！」

そんな、短いけど大きな声。そして、

「ねえ！　ねえ！　君、リタちゃん!?」

その声に振り返ると、男女二人が私を見ていた。この辺りではよく見る服装、スーツかな？　二人ともその服装だ。

「その服！　杖！　あと浮かぶ光と黒い板！　リタちゃんで間違いない！」

「ん……。そうだけど」

「おお。ほんまにリタちゃんなんや。ほんまにおるんやなあ」

そう言ったのは男性の方。その男性の頭を女性が叩いて、

「アホ！　間違いないゆうたやろ！　あ、リタちゃん！　配信、ずっと見てます！」

「いてて……。俺も見てます」

二人はそう言って笑った。ちょっと警戒しちゃったけど、悪い人ではなさそう、かな。

「ん。ありがと」

「それでそれで！　大阪に来てるってことは、たこ焼きかな!?　もしくはお好み焼きとか！」

「たこ焼き」

「たこ焼きか。それならうまいとこ知ってるよ。一緒にいこか」

男性の人がそう言って歩き始める。女性はちょっと困った顔をしてたけど、ごめんね、と手を合わせてきた。

「案内してもらってたよね？　今だけでいいから付き合ってもらっていいかな？」

「ん。大丈夫」

美味しいたこ焼きが食べられるならいいよ。もちろん。案内してくれてた視聴者さんには悪いけど、これも何かの巡り合わせってやつだと思うから。

それじゃ、と女性が手を差し出してきたので、とりあえず握っておいた。人が多いからこっちの方が安心だ。

『クッソ羨ましい通り越してめちゃくちゃ羨ましいんだけど』

『案内人さんはちょっとお休みかな』

『しゃーないさ』

みんな優しくて、そういうところは好きだよ。

歩いてる間に簡単な自己紹介をしてもらった。女性はケイコ、男性はジロウという名前らしい。二人とも仕事が終わって、これからどこかにご飯に行こうかと思ってたんだって。

「邪魔して良かったの？」

「いいよいいよ！　むしろリタちゃんと出かけられるとか、間違いなく最初で最後だろうし！」

「こっちの方が自慢できるやろうしなあ。あ、後で写真ええかな」

「ん。いいよ」

「よっしゃ」

写真で喜んでくれるなら、それぐらいはね。

そうして歩くこと十分ほど。二人に案内してもらったのは、小さなビルの一階にあるお店だった。

一階は全てお店が使っているらしくて、買ったら中で食べることもできるようになってるらしい。

「おっちゃん来たで」

「こんばんはー!」

「おお、君らか。いらっしゃい」

料理をしてるのは、ちょっと強面《こわもて》のおじさんだ。強面だけど、笑顔で二人に挨拶してる。私の世界のギルドにいたおじさんを思い出しそうな、気さくな人だ。

「お? 今日はもう一人いるのか。君らの子供か?」

「んなわけないやろ」

「あれ? ていうかおじさん、この子知らないの?」

「知らんぞ?」

『マジかよ』

『まあみんながみんなテレビ見てるわけじゃないし、こういう人もいるだろうね』

「じゃあおっちゃん、八個入りを三パック、ソースで」

「あいよ」

おじさんが手に持つ串を動かすと、不思議な形をした鉄板で熱されていた何かがくるっとひっくり返った。なんだか丸いこれがたこ焼きっていうものらしい。

ささっと何度かひっくり返して、白い器に器用に並べていく。八個入れたところで、真っ黒でいい香りのソースをたっぷりとかけた。マヨネーズに、あと何かいろいろ振りかけてる。

『あおさ、鰹節《かつおぶし》だね。好みがあるからかけない人もいるけど』

『シンプルに何もなしも悪くないと思う』

『何もなしは生地次第かな』

んー……。とりあえず、一般的なたこ焼きと思っていいのかな。

はい、と渡されたたこ焼きを受け取る。湯気が立っていてすごく熱そうだけど、ソースの香りが食欲をそそる。食べなくても分かる。これは絶対美味しい。

「リタちゃん、熱いから気ぃつけて食べな」

ジロウさんに注意されて、頷いておく。一個食べてみる。まあこれぐらいなら大丈夫そう。そう思ってかじると、予想以上に中が熱かった。

「はふ……、んん……」

「だから言ったのに」

ケイコさんが笑って、ジロウさんとおじさんも楽しそうに笑ってきた。少しだけ恥ずかしいけど、でも美味しい。うん。シンプルだけど、すごくいいと思う。

外はカリカリと香ばしくて、噛むととろっとしたものがあふれ出てくる。ソースの味もとても濃厚だ。食感も楽しくて味もいい。みんなが勧めてくるのも分かるね。

『やばいたこ焼き食いたくなってきた』

『冷凍のたこ焼きもいいけど、焼きたてのたこ焼きは格別だよね。食いたい』

『食いに行こうかな……』

それがいいよ。美味しいよ。

八個はあっという間に食べ終わってしまった。美味しかったからとても満足。

「いい食いっぷりだな、嬢ちゃん。見ていて気持ちよかったよ」

「ん。すごく美味しかった」

「ははは！　最高の褒め言葉だ！」

ところで、とおじさんは言葉を句切って、周囲を見回した。どうしたのかなと私も周囲を確認する。なんだかすごく人が増えてる。こちらの様子をうかがってるというか、なんというか。

ケイコさんとジロウさんもそれに気付いて、二人そろって焦り始めた。

「やっば、ゆっくりしすぎた」

「おっちゃんごめん、多分かなり忙しくなるけどがんばってな！」

「え。いや待てどういう……」

「ほなリタちゃん、次行こか！」

「こっち！」

ジロウさんが急いでたこ焼きを食べてから歩き始めて、ケイコさんに手を引かれてそれに続く。少し強引だと思うけど、この人たちなら一緒に行っても大丈夫かな。

ちらりと後ろを振り返ると、たくさんの人がたこ焼きを買おうとしていた。あれは、いいのかな……？


「リタちゃんごめんなあ。もういっこ、行ってええかな？」

「いいよ。大丈夫」

「ありがとう！」

そうして連れて行かれたのは、小さなお店。電車が走る高架の下にあるお店だ。もともとはここで食べる予定だったんだとか。

「ここのお好み焼きがめっちゃうまいねん」

「きっとリタちゃんも気に入るから！」

「ん」

さっきのたこ焼きも美味しかったし、信頼してもいいかも。

二人に続いて中に入ると、テーブルが三つあるだけのお店だった。テーブルの中央には鉄板が備え付けられてる。ケイコさんが言うには、あれでお好み焼きを焼くんだとか。

たこ焼きの時と違って、平べったい鉄板だね。お好み焼きってどんな料理なんだろう。少し気になる。早く食べてみたい。

「おばちゃーん！　俺豚玉！」

「あたしモダン焼きで！」

「あいよー」

お店の奥からそんな声。出てきたのは、初老のおばちゃんだ。おばちゃんは二人を見て嬉しそうに微笑んで、次に私を見て目を瞠った。

「あれまあ。あんた有名な子やろ。今もテレビでやっとったで」

「ん。リタです。よろしく」

「よろしくなあ。リタちゃんは何がいいんかな？」

「えっと……。分からない」

「そりゃそうかあ」

おばちゃんが屈託なく笑う。優しそうなおばちゃんだ。おばちゃんは少し考えて、

「それじゃ、シンプルに豚玉にしとこうかね。ああ、そや。お餅も入れてあげるな。おいしいで」

ちょっと待っといてな、とまた店の奥に行ってしまった。

えっと……。これ、どうすればいいのかな。とりあえず待っておけばいいの？

「リタちゃんこっちこっち」

「ほらここ座って」

ケイコさんに促されて椅子に座る。ジロウさんとケイコさんは私の対面側に座った。

あとは、待つだけなのかな？　待ってるだけでいいの？

『待ってるだけやで』

『もうちょっとしたら運ばれてくる、はず』

『自分で焼くのさ』

『え？　焼いてくれないの？』

『自分で焼くのがいいんだろ』

んー……。なんか意見が分かれてる。ジロウさんとケイコさんに視線を向ければ、二人とも興味深そうにコメントの黒い板を眺めていた。

「ここはどうなの？」

「どっちでも大丈夫だよ。おばちゃんが聞いてくれるから。でもここは自分で焼く人の方が多いかな」

「お好み焼きは自分で焼いてなんぼやからな」

「ふうん……」

そういうものなのかな。いまいち分からない。

そんな会話をしていたら、おばちゃんがボウルを持って戻ってきた。ボウルの中にはなんだかどろどろしたものが入ってる。えっと……。

「まずそう……」

小声でそう言うと、ジロウさんがにやりと笑った。

「まあ騙されたと思って食べてみ」

ジロウさんとケイコさんがボウルの中のどろっとしたものを鉄板の上へ流していく。じゅうじゅうと焼ける音はちょっと楽しい。二人はヘラっていうのかな、平べったいもので器用に形を整えていた。丸くすればいいのかな？

「リタちゃんのやつはうちがやってあげるな」

おばちゃんが手際よく同じように焼き始めてくれる。あ、ちょっといい匂いがする。

『この焼ける音がいいよね』

『この音を聞きながら雑談して、ほどよいところでひっくり返す』

ひっくり返すんだ。ちょっと難しそう。

さらに少しして、三枚ともひっくり返された。

「わあ……」

茶色っぽい、綺麗な焼き色だ。いつの間にか香ばしい匂いが店内に充満してる。ボウルに入っていたものと全然違う。これはすごく美味しそうだ。

「もう食べられるの？」

「あはは。気が早いよリタちゃん。もうちょっと待ってね」

むう……。食べられそうなのに。でも、何度も食べてる人が言うんだから間違いないよね。ちゃんと待つ。しっかり待つ。じっと待つ。

『お好み焼きをじっと見つめるリタちゃん』

『尻尾《しっぽ》を振る犬を幻視した』

『わかる』

『わんこリタちゃん』

待って、待って、そしてようやくジロウさんが言った。

「そろそろええやろ」

ジロウさんが手に持ったのは、黒い液体が入ったボトルだ。ソース、だよね。たこ焼きと同じものかは分からないけど。それを鉄板の上のお好み焼きに豪快にかけはじめた。

お好み焼きからはずれたソースが鉄板の上で焼けていく。その瞬間、独特な香りが鼻をくすぐった。あまり嗅いだことのない香りだけど、すごく美味しそう。

『あああああ！』

『この音いいよね！　この匂いもいいよね！』

『音しかわからんけどな！　でも思い出せる！』

『すごくお腹が減ってきた……！』

私のお好み焼きにもソースがたっぷりとかけられて、青のりと鰹節もかけてもらった。おばちゃんがヘラで器用に切り取って、小さいお皿に入れてくれる。

ん。すごく、美味しそう。

「リタちゃん、お箸は使えるんかな？」

「使えるよ」

「そか。ほなごゆっくり」

朗らかに笑って、おばちゃんはまた戻っていった。

「それじゃ、早速……」

お箸を使って、お好み焼きをもう少し小さく切って、口に入れる。これもすごく熱いけど、でも美味しい。ソースのほんのりとした甘みがある。

「どうかなリタちゃん」

「ん。すごく美味しい」

これもお勧めされた理由がよく分かった。食べて良かった。

「お餅も、不思議な感じ。ここだけ食感が違って、ちょっと楽しい」

うん。うん。すごく満足だ。

そうして気付けば日は暮れて、店内の少ないテーブル席は全部埋まってしまった。相変わらずみんな私を見て驚くけど、軽く手を振れば満足してくれて、お好み焼きを焼き始めた。お酒を飲む人も増え始めて、すごく騒がしくなってきたね。でも、楽しい雰囲気だ。

『でもリタちゃん、そろそろ離れた方がいいと思う』

『酔っ払いはやっかいなやつもいるからね』

『もういい時間だし』

それもそうだね。そろそろ帰ろう。

「ジロウさん。ケイコさん。そろそろ帰るね」

「そか。付き合わせてごめんな。楽しかったで」

「気をつけて帰ってね、リタちゃん。すごく楽しかったよ！」

そう言って二人とも笑ってくれた。やっぱりいい人たちだ。

「あ、そういえば、お金、渡してない。えっと……」

「ああ、ええよええよ。いい思い出になったから」

「そうそう。あたしたちのおごりってことで！」

「ん……。そう？　いいの？」

「もちろん！」

それじゃあ、いっか。無理矢理渡されても気分は良くないらしいし。

『気前いいなあ、この人たち』

『大阪の人はドケチって聞いたのに』

『それは人によるだろｗ』

「じゃあ……。ごちそうさまでした」

「はーい。気をつけてね！」

二人の笑顔に見送られて、私はその場から転移した。

「精霊様、お土産。ちょっと少ないけど」

帰った後、精霊様を呼んでお好み焼きを渡しておいた。紙のお皿に一切れだけ残しておいたものだ。本当はもうちょっと残しておこうと思ってたんだけど、お話ししながら食べてたら忘れかけてしまった。ちょっと反省してる。

「ああ、ありがとうございます、リタ。これはなんですか？」

「ん。お好み焼きだって。一切れしかないけど……。ごめん」

「ふふ。いえいえ。リタが楽しんでいるなら十分ですよ。……ああ、これは美味しいですね」

「ん。また食べたい」

「ふふ。ええ、そうですね」

精霊様も喜んでくれたし、一安心。次も楽しみだ。

第六話

大阪から帰ってきた翌日、真美の家に行くとスマホに連絡が入っていた。

「真美。ちょっといい？」

「はーい？」

まだ朝だからか、真美もちいちゃんも忙しそうだ。あと三十分ほどで出かけるらしい。

「これ、メール？　だよね？」

「えっと……。うん。そうだね。メールだよ」

「ん」

確か、このアイコンだよね。タッチするとメッセージが表示された。首相の橋本さんからみたいだ。

「リタちゃん、トースト食べる？　それぐらいなら用意できるよ」

「いいの？」

「もちろん。ちょっと待っててね」

忙しそうだから、二人を見送るだけでいいかなと思ってたんだけど……。迷惑かけちゃったかな。もう少し早くか遅くに来た方がいいのかな。ちょっと悩む。

「なにみてるのー？」

ちょっと考えていたら、ちいちゃんが私の膝の上に乗ってきた。きょとんと首を傾げて私を見てくる。とてもかわいい。

「メールだよ」

「めーる！　ちいにもおねえちゃんから来るの！」

「ん。そっか」

えへー、と嬉しそうなちいちゃんの頭を撫でてあげる。気持ちよさそうに目を細めるのは小動物みたい、

そういえば、この世界には小さな動物と触れ合えるカフェっていうのがあるんだっけ。探してみようかな。いやその前に、とりあえずメールだ。

橋本さんからのメールを開いて読んでみる。そこに書かれていたのは、師匠の実家が見つかった、というものだった。ただ、確定というわけじゃなくて、それらしい候補がいくつかあるらしい。何か他に情報がないかという問い合わせだね。

追加の情報。精霊様に聞いたら何か分かるかな？

「リタちゃん、できたよー」

真美がこんがり美味しそうに焼けたトーストを持ってきてくれた。とりあえず今はトーストを優先しよう。せっかく作ってくれたんだし。

「ん。ありがと」

「いえいえ。熱いからゆっくり食べてね」

渡されたトーストを早速一口かじる。さくっとした食感がとても楽しい。ほんのりした甘さもちょうどいいね。

さくさくと食べていたら、真美が向かい側に座った。

「リタちゃん、さっきスマホ見てなかった？」

「うん。見てた。橋本さんからメール」

「橋本さんって……。首相さんじゃ……？」

「ん」

頷くと、少しだけ慌て始めた。どうしたのかな。

「は、早く確認とか返信とかした方がいいんじゃないかな!?」

「ん？　別に大丈夫。暇な時に返信してってあったし」

「そうなの……？」

「そうなの」

今はとても忙しい。トーストを食べてるから。だからメールは後回し。そう言うと、真美はなんとも言えない表情になった。

トーストを食べ終えたところで、真美たちが出発する時間になったらしい。真美とちいちゃんが玄関に向かうから見送ることにする。

「行ってきます」

「いってきまーす」

「行ってらっしゃい」

二人は手を振ると、ドアを開けて外へと出て行った。

んー……。いってらっしゃい。いってらっしゃい、か。なんというか、感慨深いというかなんというか……。最後に言ったのは、師匠が旅立った時だったかな。結局おかえりは言えなかった。今回は、ちゃんと言いたい。お昼過ぎぐらいに戻っておけば言えるかな？

リビングに戻って少し考えていたら、リビングのドアが開いた。入ってきたのは壮年ぐらいの女性。眠たそうにあくびをするその人は、私に気が付くと優しげな笑みを浮かべた。真美の笑顔ととても似てる。

「来てたのね、リタちゃん」

「ん。真美とちいちゃんならもう行った」

「あー、そっか……。ちゃんと送り出しておきたかったんだけど……」

この人は真美とちいちゃんのお母さん。朝に来ると起きていることが多い彼女だけど、たまにこうして寝坊する。疲れてるだろうからと真美も起こさないらしい。

「リタちゃんはこの後どうするの？」

「んー……。橋本さんに会いに行くことになると思う」

「へえ。すごいわねえ」

ついこの間この人に直接挨拶したんだけど、すごくのんびりしてる人だった。私のことを話しても、少し驚いただけで流してしまうぐらいには。でも、付き合いやすいから好きだったりする。

「リタちゃんもちっちゃいんだから気をつけて行きなさいね」

「ん」

いやもしかしたら分かってないだけかも……？　ちょっと不思議な人だね。

橋本さんと何度かメールのやり取りをして、指定された場所は前回と同じホテル。今回は私も場所を知ってるから、待ち合わせの時間に直接転移をした。

「いらっしゃいませ、リタ様。おやつはいかがですか？」

「もらう」

待ってくれていたのは、前回ここまで案内してくれた人だ。テーブルにはいろんな種類のお菓子が用意されていた。チョコレートもあるし、グミとかゼリーもある。たくさん。

「配信は？」

「部屋から出ないのでしたら大丈夫です」

それじゃ、配信も開始、と。

すぐに光球とコメントの黒い板が現れて、コメントも流れ始めた。

『わこつ』

『こんちゃー』

『わこつでいいのか……？』

わこつってなんだろう。挨拶みたいなものかな？

「こんにちは。今はホテルの部屋の中にいるよ。おやつ美味しい」

『いきなり何か食べてるw』

『ホテル？　てことはお国関連？』

『師匠の実家が分かったとか！』

「ん。候補は見つかったらしいよ」

『マジかよ』

『早いなマジで』

正直私も驚いてる。一ヶ月とか一年とかかかると思ってたから。まだ半月も経ってないよ。

『かなり急いだんだろうなぁ』

『それだけリタちゃんが重要視されてるってことだろ』

嬉しいけど、ちょっとだけ困る。ちょっとだけ、ね。

そんな感じでお菓子を食べながら視聴者さんとお話をしていたら、橋本さんがやってきた。ノックの後に入室してくる。もぐもぐ口を動かす私を見て、橋本さんは薄く笑った。

「こんにちは、リタさん。美味しいかい？」

「ん。美味しい」

「ははは。それは良かった」

橋本さんが対面に座る。真面目な話だろうし、私もお菓子を食べるのをやめよう。でもあとこれだけ……。この紫色のゼリーがすごく美味しそう……。

「もぐ……。うん、満足」

『満足と言いながらすごく名残惜しそうなんですが』

『視線がお菓子に釘《くぎ》付けになってるw』

『リタちゃんwww』

だって今回のおやつもすごく美味しかったから。最後のゼリーも濃厚な味で良かった。

「良かったら持っていくかい？　こちらから話は通しておこう」

「ん！」

『めっちゃ嬉しそうｗ』

めっちゃ嬉しいからね！

「さて、すまないけど今日は私もあまり時間がなくてね。早速本題に入りたいんだけど、大丈夫かな？」

「大丈夫。候補がいくつかあるんだよね？」

「そうだね。いや正直、かなり多いんだ。ああ、個人情報が含まれるから、配信には映らないようにしてもらえるかな？」

「ん」

頷いて、光球の向きを変える。とりあえずお菓子でも映しておこう。

『仕方ないのは分かるけど、なんでお菓子をｗ』

『美味しそうなのに食べられない……！　食いたくなる……！』

『お高いお菓子だけど、取り寄せできるぞこれ』

『なんで個包装の袋だけで分かるんですかねぇ……』

橋本さんが分厚い封筒を渡してくる。封筒を開けて中を見ると、少し大きめの紙がたくさん入っていた。もしかしてこれ全部が候補なのかな。

「コウタ、というのはわりとよくある名前でね。せめて年齢や名前の漢字などが分かれば、もう少し対応できるらしいが……」

「私も情報が少ないと思ってたから、仕方ない」

むしろだいたいの時期と名前しか分からないのによく捜してくれたものだって思うよ。

でも本当に多い。五十枚はあると思う。試しに一枚抜いてみると、詳細な名前に生年月日、家族構成、住所までだいたいそろっていた。

「今更だけど、これ大丈夫？　たくさんもらっちゃったけど……」

「もちろん大丈夫じゃない。非難は免れないと思うし、きっと多くの人から問題にされるだろう」

けれど、と橋本さんは続けて、

「それでも、君との関係を続けていくことを優先させてもらうよ。きっと私の政治生命よりも大事なことだろうから」

「ん……。そっか」

正直なところ、過大評価だと思う。異星人っていうのは向こうにとって無視できないっていうのは分かるんだけど、今のところそれだけだ。

気まぐれに日本に来て、気まぐれにご飯を食べて、満足したら帰る。それだけなのに、ここまでしてくれるのは本当によく分からない。

んー……。うん。やっぱりこれはもらいすぎだ。

「これ、精霊様と確認して、必要のないものは返すね」

「ああ。それはとても助かるよ」

「あと……。何か、お守りみたいなの、ある？　アクセサリーでもいいよ」

「アクセサリーかい？　それなら……」

橋本さんが取り出したのは、キーホルダー。黄色い石が取り付けられたもので、娘さんが幼い頃にお土産で買ってきてくれたものなんだって。家にいる時以外は常に持ち歩いてるんだとか。

うん。それならちょうどいいかも。

「ちょっとだけいい？」

そう聞くと、橋本さんは少しだけ躊躇《ちゅうちょ》しながらも渡してくれた。壊さないから安心してほしい。

両手で包み、魔力を流す。キーホルダーに魔力が浸透したところで、魔力に術式を刻む。んー……。これで良し。

「はい」

「え？　もういいのかい？」

「ん」

橋本さんはキーホルダーを受け取って、不思議そうにそれを見てる。魔法をこめただけで見た目は変わらないから、魔法を使えない人だと何も分からないと思うよ。

書類の入った封筒をアイテムボックスに入れて、光球を戻す。橋本さんもすぐに気付いてキーホルダーをしまった。

「キーホルダーに魔法をこめておいた。悪意のある攻撃を一度だけ防ぐ魔法」

「な……！」

橋本さんが大きく目を瞠る。コメントもたくさん流れ始めた。みんな驚いてるみたい。

『マジかよなにそれすげえ！』

『魔道具ってやつですか!?』

『いいなあすごく羨ましいい！』

『これがあれば事故も安心？』

あ、そっか。それも注意しておかないとね。

「悪意のある攻撃にのみ反応するから。悪意を持って引き起こされた事故なら乗り物ごと守ってくれるけど、そうじゃない事故だと防げない。あと、防げるのは大きな怪我が予想される攻撃のみ」

ケンカで殴られたりとかでも素通りする。師匠曰く、わりとがばがばな魔法だそうだ。でも、偉い人だといろいろと危険なこともあるだろうから役に立つかも。

「これはすごい……。ちなみに、いくつか作ってもらったりとかは……？」

「今回は情報のお礼だから。対価をくれたら、考える」

「対価……対価か……」

そこまで真剣に考えるほどのものなの？　私にとっては、一回しか防げないから微妙だと思ってたりするんだけど。

「これそんなにすごいの？」

『わりと真面目にかなりすごい』

『一般人だとあまり意味がなさそうだけど、政治家にとっては喉から手が出るほど欲しいんじゃないかな』

『大金積まれてたくさん作ってくれって言われても不思議じゃない』

うわ、それは面倒だ。そこまでやりたいとも思わない。さすがに私の生活の邪魔になるほど引き受けるつもりはないよ。

「どれだけお金を積まれても、私は気まぐれにしか作らないから」

「そ、そうか」

「ん。あと、私が知らない人に使われるのもやだ。最低限私と会って話すこと。あと嫌いな人にはそれでも作らない。あと何度も言うけど気まぐれ。もう一度言うけど気まぐれ。気まぐれ」

『大事なことなので三回言いました』

『マジで三回言ったのは草ｗ』

『草に草を定期』

橋本さんは少し考えてたみたいだったけど、それでもいいと頷いてくれた。これでいいなら、私も作ってあげるよ。対価はもらうけど。

その後は、依頼する場合のことを少し細かく決めて帰ることにした。ちなみに依頼方法の話の時は一度配信を切った。秘密の方法ってやつだよ。かっこいいでしょ。

まあ、メールを送るだけ、なんだけどね。


ホテルの部屋から世界樹の側に転移して、私はすぐに精霊様を呼んだ。

「これ。師匠の実家候補」

「早くないですか!?」

『間違いなく早い』

『でもその代わりに候補は多いみたいだけど』

『あー！　リタちゃん隠さないで！　見たい！』

見せるわけないでしょ。みんなには森でも見ておいてほしい。

精霊様は書類の量に驚きながらも、一枚ずつしっかりと確認していく。一応私も見ていくけど、昔からの師匠を知ってる精霊様の方が分かると思う。私は師匠との会話内容で判断するしかないし。時間をかけてじっくり見ていって、最後に精霊様は一枚の書類以外を片付けてしまった。

「ここですね」

そう断言して。

「ん……。間違いない？」

「間違いありません。あの子のフルネームとご家族のフルネームが一致していますから」

うん。よし。いや待って。

『フルネームって言いましたか精霊様？』

『下の名前しか分からないんじゃなかったのかよｗ』

『情報の出し惜しみはよくないと思います！』

そう流れるコメントを見て、精霊様はにっこり微笑んだ。

「私は人間をあまり信用していませんので」

『あ、ハイ』

『ヒェッ』

『すみません黙ります』

ちょっと背筋がぞくっとした。でも、私はごまかされない。

「フルネームを見て思い出しただけでしょ」

「…………」

じと〜〜〜〜

「精霊様？　私の目を見よう？　ねえ？」

『くっそｗｗｗ』

『偉そうなこと言ってて忘れてただけかよｗ』

『照れ隠しに脅すとか精霊として恥ずかしくないんですかねえ？』

「くっ……！　あなたたちなんか嫌いです！」

精霊様はそう言って消えてしまった。消える直前の精霊様の顔は真っ赤だった。かわいかったよ。

それじゃ、また地球に、と思って立ち上がったところで、ひらひらと私の目の前に落ちてくる世界樹の葉っぱ。手に取って見てみると、文字が書かれていた。

思い出せなくてごめんなさい、だって。

「かわいい」

『かわいい』

『かわいい』

たまに私より人間くさく思えるのは気のせいかな。気のせいだよね。うん。

それじゃ、改めて地球に行こう。真美たちをお出迎えしてあげたいしね。


真美の家に戻った時には夕方だった。書類を確認するのに時間がかかりすぎたかも。この後のことを考えて、先に配信は切っておいた。師匠の家族に会うなら邪魔なだけだから。

真美の家の中にはまだ誰もいない。でもそろそろ戻ってくる頃だと思う。ちょっとだけそわそわしながら待っていると、玄関のドアから声が聞こえてきた。

「ただいまー」

「ただいまー！」

真美とちいちゃんの声だ。二人とも、すぐにリビングに入ってきた。

「ん……。おかえり」

「ただいま」

にっこり笑って、そしてすぐに真美は首を傾げた。

「電気つけても良かったのに」

「私も今戻ってきたところだから」

「あ、そうなんだ。ちい、手洗いとうがいを先にしなさい！」

「はーい」

走って行くちいちゃんと、苦笑する真美。うん。こういうの、いいなあと思う。ちょっぴり羨ましい。

「リタちゃん、晩ご飯は食べていく？　今日は……」

「あ、ううん。今日は大丈夫。何を作るか言わないで。食べたくなるから」

「えー？　じゃあ食べていけばいいのに」

不満そうに頬を膨らませてくる。そう言ってもらえるのは嬉しいけど、今日は行かないといけないところがあるから。

「師匠の実家に行ってくる」

「え……。分かったの!?」

「ん」

「そっか……！　じゃあ、うん。仕方ないね。すぐに行くの？」

「ん。二人と挨拶したかっただけだから」

「そうなんだ。ありがとう」

ありがとう、はおかしいと思う。これは私の自己満足だから。でも言ってもらえて嫌な気持ちにはならない。なんだかこう、ぽかぽかする。

「それじゃ、行ってくる」

「うん。行ってらっしゃい、気をつけてね」

「いってらっしゃーい！」

慌てて戻ってきたちいちゃんが元気よく手を振ってくれる。思わず小さく笑いながら、手を振り返して転移した。


転移した先は、とある家の前。日本の他の家と比べても大きくもなく小さくもないお家だ。二階建てのクリーム色の家。小さな門とお庭もあるけど、それだけだね。

さて。どうしよう。勢いで来てしまったけど、なんて言えばいいのかな。えっと……。うん。すごく緊張してきた。

チャイムは……門の側にあるやつかな。これを押すと、家の中にいる人を呼び出せるんだよね。緊張はするけど、躊躇していても仕方ない。なるようにしかならない。

押す。うん。押す。ただそれだけ。とりあえずそれをすれば、もうあとは進むだけなんだから。

最後に深呼吸して、チャイムを押した。ぴんぽん、という軽い音が聞こえてくる。そしてその直後に、はい、という女の人の声が聞こえてきた。

「あの……。ここは、菊池《きくち》コウタさんの家ですか？」

「はあ、そうですが……」

「私は、その……。リタ。です。師匠の……コウタさんのことで、お話があります」

そう言うと、向こう側で息を呑んだのが分かった。三分ほど無言の時間が続く。さすがに急《せ》かすようなこともできないので待っていると、ドアがゆっくりと開かれた。

「どうぞ。入って」

出てきた中年の女の人は、どこか悲しげに眉を下げながらそう言った。

案内されたのは和室だ。中央に机があって、机の両隣に座布団が置かれてる。和室の隅には、初めて見るもの。仏壇、かな。それがあった。

私の対面に座るのは、二人。さっき私を入れてくれた女の人と、最初からこの部屋にいた男の人。男の人は武《たけし》さん。師匠のお父さんだ。女の人は智恵《ともえ》さんで、師匠のお母さん。二人とも、書類にあったからちゃんと覚えてる。

神妙な面持ちの二人に、私は頭を下げて自己紹介をした。

「初めまして。リタといいます。その、今日はお二人にお話があって……」

「待ってほしい。その前に」

武さんに言葉を止められて顔を上げると、優しげな笑顔を浮かべてくれていた。

「敬語が苦手なら気にしなくていい。話しやすいようにしてくれて構わない」

「ええ、そうよ。配信のままで構わないから」

ということは、配信、見てくれてるってことだね。いつから見てたんだろう。もしかして、師匠の配信も見てたりしたのかな。

少しだけ気になっていると、武さんがすぐに教えてくれた。

「俺たちは配信は見ていなかった。君がテレビで取り上げられてから、興味本位で見るようになったんだよ」

「ええ。だから、リタちゃんが、あなたのお師匠様の実家を捜していることも知ってるわ」

だから、と続けた智恵さんは、今にも泣きそうな顔だった。

「リタちゃんのお師匠様は、私たちの息子なのね？」

「ん……。精霊様が、間違いないって」

「そう……」

二人とも、それきり黙ってしまう。私も何を言っていいのか、ちょっと分からなくなった。ずっと考えてたんだけどね。師匠があっちで何をしてきたかを、私が知ってる限りで話してあげたいと思ってたんだけど……。私の頭も、真っ白だった。

少し重たい沈黙に耐えながら次の言葉を考えていると、武さんが意を決したように口を開いた。

「リタちゃん。良ければあいつのこと、教えてくれるかな？　もちろん、君が知っているだけでも構わないから」

「ん……。もちろん」

話したいこと、話せることを頭の中で整理しながら、私は師匠のことを話し始めた。

話し終えた頃には、日はもうとっくに沈んで、さらにもっと時間が経っていた。時計の短針が九の位置にある。夜の九時、らしい。すごく長く話していた気がする。

話を聞き終わった二人は、どこか嬉しそうに笑っていた。

「本当に、あいつらしいというかなんというか……」

「料理は嫌いなくせに食べることが好きだったから……。がんばったのね」

師匠は前世でも食べることが好きだったらしい。ただ、あれだけ料理をがんばってたぐらいだから、こっちでも料理をしてると思ったんだけど……。そうでもなかったんだね。

二人はひとしきり笑うと、二人そろって目を伏せた。静かな時間が流れていく。二人とも、小さく肩を震わせてるから泣いてるのかも。だから、何も言わないでおく。

今更だけど、私はここに来て良かったのかな。亡くなっていた大事な人が知らない場所で生きていたと聞かされて、でも今はまた亡くなってる、なんて。私は、ひどいことをしたのかも。やっぱり来ない方が良かったかな。

でも、そう思ったのは私だけだったみたい。

「リタちゃん」

顔を上げた二人の顔は、どこか晴れやかだった。

「最後に教えてほしい。コウタは、楽しそうだったか？」

「ん。毎日楽しそうだった」

間違いなく、師匠は第二の人生を楽しんでたよ。生まれてからの記憶が残ってることを言った時も、くだらない復讐心《ふくしゅう》なんて持たずに俺みたいに楽しく生きろよ、なんて言ってきたぐらいだし。

後ろを見て暗くなるぐらいなら、何も分からない前を見て今を楽しむ。そうすれば人生どうとでもなる。というのが師匠の考え方だった。笑う門には福来たる、だって。

だから私も後ろを見ない。かつての両親に思うところはもちろんあるけど、私にはもう関係のない存在だ。だから私は、今も好きなように生きてる。

そう言うと、二人とも嬉しそうに笑ってくれた。

「そうか。最後まで楽しんでいたなら、幸せに生きてくれたなら、もう何も言うことはないさ」

「リタちゃん、教えに来てくれてありがとう」

その後は、智恵さんが手料理を振る舞ってくれた。師匠が一番好きだった料理、唐揚げだ。

「さあ、リタちゃん。たくさん食べてね」

揚げたての唐揚げはカリッと香ばしくて、噛むと肉汁があふれてきた。真美も作ってくれたことがあるけど、唐揚げは智恵さんの方が美味しいと思う。

もしかしたら、師匠が好きだったっていうのを知ってるからかもだけど。それでも、私にとってもすごく好きな味だった。

「ん。すごく美味しい」

「あらそう？　たくさんあるからどんどん食べてね」

本当にたくさんの唐揚げをご馳走になった。満足。

「ここをもう一つの家だと思って、いつでも帰ってきなさい」

武さんは少しだけ恥ずかしそうにしながらもそう言ってくれた。智恵さんが言うには、急に孫ができたみたいで恥ずかしいんだとか。

少しだけ。私も少しだけ、照れくさかった。もちろん嬉しかったけど、ね。


「精霊様、お土産」

精霊の森に帰ってから精霊様を呼ぶと、すぐに出てきてくれた。ただ、少しだけ心配そうな顔だ。やっぱり気になってたのかな。

「リタ、その……。どうでしたか……?」

「ん。師匠のこと、ちゃんと伝えてきた。教えてくれてありがとう、だって」

「そうですか……。それは、安心しました……」

精霊様はそう言うと、大きなため息をついた。安堵のため息、みたいなのかな。でも、今回はちょっと気持ちが分かるかもしれない。私だってすごく緊張したから。

「この唐揚げ、師匠のお母さん、智恵さんが作ってくれた。食べる?」

「はい……。はい。是非とも」

大きな紙のお皿を地面に置く。山盛りの唐揚げだ。揚げてすぐにアイテムボックスに入れたから、揚げたての美味しさを楽しめるはず。

「いただきます」

精霊様は早速一つ手に取って、口に入れた。ゆっくりと食べてる。いつもよりしっかり味わってるように見えるのは気のせいじゃないと思う。

「とても……。とても美味しいです」

「ん」

私もこの唐揚げはお気に入りだ。すごく美味しいから。

二人で唐揚げを食べていく。師匠の思い出話をしながら。

「ねえ、精霊様」

「はい。なんですか？」

「精霊様は、どうして配信魔法を作ったの？」

配信魔法は、ずっと研究をしてきた私から見てもかなり異常な魔法だ。私でもある程度の改変しかできないほどに複雑で、人間では作れないほどに精緻な術式。つまり、精霊様でもかなり無茶をして作ったはず。

精霊様は薄く笑うと、空を見上げた。つられて、私も空を見てみる。たくさんの星がある。あのどれかが、地球の側にある太陽だったりするのかな。

「私が配信魔法を作った理由は単純です。コウタが望んだからです」

「師匠が？」

「はい。きっと、あの星との繋がりが欲しかったのでしょう。家族や友人に繋がらないか、もしくは繋がっても自分だとは分からない方法で」

「ん……？　教えてあげれば良かったのに。嬉しそうだったよ」

武さんも智恵さんも、教えてくれてありがとう、と笑顔で言ってくれた。あの笑顔に嘘はなかったと思う。私の願望かもしれないけど。

「当時は、まさかリタが地球に行く魔法を作ってしまうとは思っていませんでしたから。二度と会えないぐらいなら話をしない方がいいと考えたのでしょう」

「ふうん……。地球に行く魔法、精霊様が作ってあげたら良かったのに」

そう言うと、精霊様はなんだか妙な表情になってしまった。申し訳なさそうというか、罪悪感を覚えてるような、そんな顔。

「もしも、転移魔法を作ってしまったら……。きっとあの子は、ここに戻ってこなかったでしょう。生まれ故郷を選んだはずです。それは、どうしても避けたかった」

ふっと、精霊様は自嘲《じちょう》気味に微笑んだ。

「軽蔑《けいべつ》してください。私は、あの子の本当の望みを知りながら、あの子自身に妥協案を出させたのです」

「んー……」

それは、きっと師匠の家族は、怒るだろうけど……。でも、私はそう思わない。精霊様も世界樹を守るために必要だっただろうから。

それに。

「師匠がいなかったら、私は生きてなかっただろうから……。何も言わないよ」

精霊の森に捨てられていた私を師匠が拾ってくれたから、私はこうして生きることができてる。師匠が来てくれなかったら、きっと魔獣のご飯になってた。間違いなく。

「でも、どうして師匠は配信魔法を私に譲っちゃったの？　繋がりが欲しかったんだよね？」

「ああ……。ふふ。そうですね。あの子には内緒だって言われてましたけど、もういいでしょう」

隣に座る精霊様が、私の頭を撫でた。

「リタという家族ができて、地球のことはすでに吹っ切れていたと聞いています。そして何よりも」

「ん？」

「自分がいなくなっても寂しがらないように、だそうですよ」

ん……。この言い方は、師匠がそう言ってたってことかな。言いそうだな、とは思うけど……。

「そう思うなら、一緒にいてくれたら良かったのに。私は、顔も知らない誰かより師匠がいいよ」

「そう、ですね……。リタが魔法に対しての好奇心が強いように、あの子もこの世界への好奇心が抑えられなかったのでしょう」

何かを隠してる、気がする。きっと他にも理由があるのかもしれない。でも、それでも、どんな理由があっても。

「私は、師匠と一緒が良かった……」

真美とちいちゃんの姉妹と仲良くなって、師匠の家族とお話しして、少し寂しくなってしまった。

私にとっての家族は、師匠だけだった。精霊様もいるけど、常に側にいてくれるわけじゃない。

ずっと側にいてくれていたのは、師匠だけ。血の繋がりがなくても、お父さんだった。

きっと帰ってくると思ってた。信じてた。だから、行かないでって言わずに見送ったのに。

おかえりって言いたかった。ありがとうって言いたかった。恩返しだって、したかった。でもそれはもう、二度とできない。

もう顔を見れない。声を聞けない。頭を撫でてもらえない。褒めてもらうこともできない。二度と。もう、二度と。

気付けば涙があふれていて、いつの間にか精霊様が抱きしめてくれていた。

「リタ。辛いのでしたら、全てを忘れることもできます。私なら記憶を消すことができます。全て忘れて、静かに暮らすことも……」

「やだ」

それを選んだら、きっと楽になるんだと思う。こんな悲しい気持ちにならなくていいんだと思う。でも、それだけは、絶対に選びたくない。

「私は、師匠の弟子だから。師匠が残してくれたものを、捨てたくない。絶対に捨てない」

「そう、ですか。それがあなたの意思なのでしたら、尊重しましょう」

「ん……」

でも。でもちょっとだけ、やっぱり寂しくて。

「ねえ、精霊様」

「はい」

「少しだけ、甘えてもいい？」

そう聞くと、精霊様は微笑んで頷いてくれて、私をぎゅっと抱きしめてくれる。

精霊様のぬくもりを感じながら、私は久しぶりに、声を上げて泣いてしまった。

エピローグ

大泣きした翌日、日の出と共に起床して、朝ご飯代わりに昨日の残りの唐揚げを食べる。冷めてしまってるけど、それでも美味しい。師匠のお母さんはすごい。

お家のお庭で配信の準備。準備といっても、心を落ち着かせるだけだけど。まだちょっと、ふわふわしてるから。

精霊様の提案を思い出すと、わりと悪くない提案だったのかもしれないと今なら思う。守護者として生きるなら、師匠の記憶も、こんな感情も、邪魔なだけだから。

それでもやっぱり、私は師匠が残してくれたものを捨てたくない。これも全部含めて、私だと思うから。

それに、もしかしたら。生まれ変わった師匠が、また地球で私の配信を見てくれるかもしれないしね。お互いに気付くことなんてないだろうけど、あるかもしれないと思うだけで楽しみだから。

だから、そんな日がいつか来ることを信じて、配信は続けようと思う。いろいろあったけど、地球のみんなとお話しするのはやっぱり楽しいから。寂しく感じなくなるから。

今日はとてもいい天気。きっと楽しい一日になる。今日もみんなと楽しんでいこう。

それじゃあ、いつも通りに。

「ん。おはよう。今日もよろしくね」

（あとがき）

初めましての方は初めまして！　別作品を知っている方はお久しぶりです！　WEBを知っている皆様にははろーおはようこんばんは！　龍翠です！

私はあとがきを書くのが大好きです。とてもとっても大好きです。そのあとがきが二ページももらえるなんてびっくりですよ。あとがき祭りだわっしょい！　ところでこれどこまでふざけていいですか⁉　多分これが載っているということは許されたってことですね！　やったぜ！

はい。では改めまして。『異世界魔女の配信生活』を手に取っていただき、ありがとうございます。このお話は日本出身の転生者に育てられた魔女の女の子、リタが主人公です。リタが配信をしながら日本に行ったり異世界に行ったりして遊び回るお話です。一応いわゆる主人公最強物になるとは思いますが、バトル描写は少なめです。

バトル描写は読むのも書くのも苦手ですぐに疲れちゃうだめな物書きなのです。なのでリタがさくっと無双することはあっても、激しく争うことはあまりないかなと思います。

なので！　バトル物に疲れた時の清涼剤として、このお話を読んでくれると嬉しいなって思ったりするわけです！　のんびりまったり好きの輪を広げていきたい……！

せっかく二ページもあるのですし、もっとこう、有意義なことを語りたいですね……。例えばそう！　私の趣味とか！　興味ない⁉　ですよね！

では改めて、このお話の裏設定、というか過去話をちらっと。

リタは精霊の森で、師匠に育てられました。けれど師匠は子育てなんてやったことがなくて、わりと手探りで子育てしていたりします。その結果、リタはわりとやんちゃに育ちました。

そして師匠ですら把握していないことも当然あります。精霊の森のところどころに、リタの秘密基地があったりします。木の洞を利用した、小さな秘密基地です。師匠に怒られて拗ねた時は秘密基地に逃げ込んで、木の実をもぐもぐしたりなんかして。ふて寝してすっきりしたら、師匠に謝って仲直り、なんて。ちなみに精霊様に命じられた他の精霊がその時は見守っていたり。

今でこそ少し無口な落ち着いた子になっていますが、幼少時代は口数は少なくてもわりと自由奔《ほん》放《ぽう》でした。

え？　今でも自由奔放？　…………。細かいことは気にしない！

最後に、月並みではありますが。リタたちを魅力的に描いてくれたねむりねむ先生をはじめ、この本に関わった皆様に感謝を。そして何よりも、この本を手に取っていただいた皆様にも最大級の感謝を。本当に、ありがとうございます。

このお話が皆様の生活の癒やしに少しでもなってくれれば、私にとっては望外の喜びです。

二〇二三年、初夏　壁に隠れる絵文字を使えないことに泣きながら

BKブックス

異世界魔女の配信生活

～いなくなった師匠が残していったものは地球に繋がる通信魔法でした。
師匠の真似をして配信してお菓子をもらいます～

2023年6月20日　初版第一刷発行

著　者　龍翠《りゅうすい》

イラストレーター　ねむりねむ

発行人　今 晴美

発行所　株式会社ぶんか社
〒102-8405　東京都千代田区一番町29-6
TEL 03-3222-5150（編集部）
TEL 03-3222-5115（出版営業部）
www.bknet.jp

装　丁　AFTERGLOW

編　集　株式会社 パルプライド

印刷所　大日本印刷株式会社

ISBN978-4-8211-4663-5